The House with Chicken Legs

長腳的房子

Sophie Anderson

蘇菲・安德森

洪毓徽　譯

三民書局

國家圖書館出版品預行編目資料

長腳的房子／蘇菲．安德森(Sophie Anderson)著；洪毓徽譯.－－初版三刷.－－臺北市：三民，2022
面；　公分.－－（青青）

ISBN 978-957-14-6629-3（平裝）

873.57　　108006424

青青

長腳的房子

作　　者	蘇菲．安德森 (Sophie Anderson)
譯　　者	洪毓徽
封面插畫	蔡豫寧
發 行 人	劉振強
出 版 者	三民書局股份有限公司
地　　址	臺北市復興北路 386 號 (復北門市) 臺北市重慶南路一段 61 號 (重南門市)
電　　話	(02)25006600
網　　址	三民網路書店 https://www.sanmin.com.tw
出版日期	初版一刷 2019 年 5 月 初版三刷 2022 年 7 月
書籍編號	S870160
I S B N	978-957-14-6629-3

三民書局

推薦序

愛與夢想如何兼顧

作家、前永樂座書店店主
石芳瑜

住在一個有腳的房子裡，可以四處旅行、認識不同的人，對我們這些平凡的活人來說，真是太棒了，不是嗎？但如果你的周遭都是亡靈，身邊沒有一個活人朋友，而你的生活就是陪你的祖母超渡亡靈，且未來的工作是準備成為一位跟祖母一樣的雅嘎，恐怕你也會像主角瑪琳卡一樣，心生不滿，想要逃脫這樣的生活吧！

所以，先不要急著羨慕別人，真的是家家有本難念的經。然而蘇菲．安德森創造了一個富有想像力的奇妙故事，讓我們跟著一個「長腳的房子」展開一段段奇幻的旅行，一會兒是小山丘，一會兒是沙漠，一會兒是海邊，一會兒是人煙密布的市集，讀起來真是充滿樂趣。而故事核心始終圍繞著：如何追尋自己的夢想？萬一夢想和家人的期待不一樣，該怎麼辦？

我想這是很多孩子從小就要面對的問題，特別是出生在望子成龍成鳳的華人社會。儘管瑪琳卡的祖母芭芭不是要她成為龍鳳，但繼承一個令人討厭的職業，壓力也同樣巨大。我相信讀這本書時，很多青少年會感同身受，時而享受幻想的開心，時而有種現實經驗的揪心。

此外，故事也圍繞著結交新朋友的喜怒哀樂。瑪琳卡對朋友的看重，也正如每一個成長中的孩子，更何況她的生活周遭除了祖母之外沒有活人，這樣的孤獨感太像是一個單親的獨生子，而且比獨生子更為強大。孤獨，其實也是很多孩子遇到的問題，特別是在少子化現象普遍的今日社會。結交朋友往往是許多孩子的人生大事，不管是有如白馬王子的班傑明，或是像妹妹般的妮娜，當然也有一些朋友並非心存善意，或是個性並不如想像的善良，這些都是我們結交朋友過程中的苦與樂。樂的是那些一起玩樂、分享心事的時光，苦的是離別還有一些認清。

而生死和謊言，恐怕是這本書裡最嚴肅的議題。謊言多半出於私心，比如瑪琳卡對祖母和房子撒的謊，但謊言有時也出於善意的保護，祖母對瑪琳卡編造的身世，就包含了善意與私心。而了解私心背後的原因並懂得面對且活出自我，這是一個深刻的成長議題，不少人一輩子沒有找到答案，時時面對著與家人的衝突。

然而謊言多半帶來傷害，小說中的傷害如此具體，包括祖母的離去以及房子的枯萎損傷。而這些謊言的傷害如何修補，或者是否都可以修補？這些問題的答案，就留給讀者去閱讀了。

對了，小說中還有一個老雅嘎，她可是扮演一個「鑰匙」的角色，解開了瑪琳卡的許多困惑，所以不要小看老人家的智慧喔。

一本小說探討了這麼多議題，而且把一個恐怖的世界寫得如此夢幻又有血有肉，作者蘇菲．安德森真是出手不凡。而這本小說其實是出於斯拉夫童話，作者也坦承，小說中的房子其實跟自己祖母的房子很像，小女兒瑪琳卡的靈感則來自自己的女兒，看來這一切無非是出於愛，也難怪作者將這樣一個冰冷的小說世界，寫得如此溫暖且充滿了愛。

各界好評

在一個掌握生死大門的移動房屋裡，展開了大多數青少年可能會面對的挑戰。你讀得越多，就越想參與主角擺脫傳統、自我發現與尋求友誼的旅程。「死亡&失去至親」是華人家庭中難以啟口的議題，而隨著故事的發展，你卻可以巧妙地學會走出悲傷各階段的魔法。

——教育部閱讀推手、國立公共資訊圖書館館員／洪敦明

主角瑪琳卡隨著長腳的房子躍過沙漠、穿越叢林，在大草原上恣意地奔跑，但沒有選擇權的她，看不到生命的美好，只有不斷的抱怨。而在愛的包容下，瑪琳卡從錯誤中探索自我，從失去中學會成長，進而改變命運，創造屬於自己美好的人生。這是本好看，且值得青少年一讀的好書！

——致民國中圖書教師／梁語喬

要寫出一本吸引青少年閱讀的純文學小說並不容易，畢竟，網路上充滿了各種

光怪陸離的即時新聞事件，灑狗血而吸睛，一本細緻、細膩、優美、富哲思、探討死亡與生者之間牽絆的成長小說，遂顯得分外可貴。《長腳的房子》適合想像力豐富的思考型青少年讀者，碰觸到他們追索人生意義的內心。

——作家／番紅花

本書作者揉合了奇幻文學與斯拉夫童話，以女巫、亡靈、奇特的動物、長腳的房子……等豐富的想像，交織成對「活著」懷抱感恩，對「逝去」安詳接納，以及對「自我」積極探索的生命態度，是一本非常值得推薦給熱愛幻想、喜歡思考的青少年讀者的精彩小說。

——臺灣芯福里情緒教育推廣協會理事長／楊俐容

《長腳的房子》給予俄羅斯的芭芭雅嘎童話一個新的詮釋。讀者一定會愛上充滿童趣的「長腳的房子」，感受到芭芭雅嘎帶領死者過渡到下一個世界的感動。在奇幻之外，瑪琳卡內心孤獨的感覺以及難以逃離宿命的絕望也給這本小說一種真實感，是一本既魔幻又有重量的小說。

——「阿芳來說書」粉絲專頁版主／劉廷芳

「一段勇敢而美麗的冒險，安德森說的這個故事從一開始就將我帶入了另一個世界。」

——基蘭・米爾伍德・赫桂芙，《墨水與星星的女孩》(*The Girl of Ink and Stars*) 作者

「溫暖的故事加上淡淡的魔法加持，完全深得我心！」

——彼得・本茲，《齒輪之心》(*Cogheart*) 作者

「讓人欲罷不能的精采處女作。」

——英國《書商雜誌》編輯費歐娜・諾柏

「非常特別的一本書……作者建構小說世界的功力堪比故事大師菲力普・普曼。」

——The Teaching Booth 部落客艾許莉・布思

「我會永遠記得這個難忘的故事。」

——知名童書部落客 Bookloverjo 喬・克拉克

「如同寶石般閃閃發光的故事，美麗優雅而又易碎。」

——The Reader Teacher 部落客史考特・伊凡斯

「這是一則奇幻的故事，關於旅行的驚奇、生活的喜悅，以及（鮮少有人談及的）死亡的意義。」

——米契・強森，英國布蘭福博斯獎得主、《踢》(*Kick*) 作者

「這本有如珍寶般的書裝載了真心和靈魂……我很欣賞作者對於喪親和孤單等主題毫不避諱，但又能說出一個如此充滿希望、深具啟發又撫慰人心的故事。」

——麗茲・佛萊納根，《依登的夏天》(*Eden Summer*) 作者

「這本書洋溢著真正的魔法、驚奇、優美和溫馨……」

——史蒂芬妮・柏吉斯，《滿心巧克力的龍》(*The Dragon with a Chocolate Heart*) 作者

獻給我的小鴿子——妮琪、亞歷和山米，
願你們微笑面對繁星，盡情舞出自己的生命。

目次

序曲

我住的屋子長了一雙雞的腳，每年有兩到三次，它會毫無預警地在深更半夜站起來，邁步離開我們生活的地方。屋子可能一走上百哩，甚至上千哩，但無論走得多遠，最後停下來的地方總是千篇一律——都是遠離塵囂、杳無人煙的荒涼之地。

它有時會在幽暗的禁忌森林中止步，有時在寒冷的凍原上迎著風嘎嘎作響，有時藏匿在都市邊陲傾頹的廢墟之中，而此刻則蜷伏在某座貧瘠的山頭岩塊上。我們到這個地方已經兩個星期了，我在這段期間還沒看過一個活人，死人倒是毫不意外地見了不少。亡靈們會上門來找芭芭，她則會引領他們穿越「大門」，然而那些真實的、活生生的人總是待在山腳下的鎮上或村子裡。

如果是夏天的話，說不定會有人上山來野餐或看看風景。他們可能會笑著打招呼，或許會有和我年紀相近的孩子成群到溪邊玩水嬉戲，搞不好還會開口邀請我加入他們的行列。

「籬笆搭得怎麼樣了?」芭芭的聲音透過敞開的窗戶傳來，敲醒了我的一頭白日夢。

「快好了。」我邊說邊將另一根骨頭插進低矮的石牆裡。通常我會直接把骨頭插在土裡，但這裡的地面多是岩石，我只好先沿著房子四周搭起及膝的石頭矮牆，將骨頭塞進石縫後再把骷髏頭插在上面。不過，不曉得是因為風、外頭的野生動物還是笨手笨腳的亡靈，建好的籬笆老是會在晚上垮掉，因此在這裡的日子我只能每天重新修補壞掉的籬笆。

芭芭說籬笆很重要，因為它能導引死者、阻隔活人，但那並不是我修補籬笆的原因。我喜歡這些骨頭，是因為過去我的爸媽負責搭建籬笆和導引亡靈時，用的想必也是這些骨頭。儘管那已經是很久以前的事，但拿著這些冰冷的骨頭時，我偶爾還是覺得自己能感受到他們雙手殘留的餘溫，也會忍不住想像，要是能直接握住他們的手該是什麼感覺?這個念頭總是讓我五味雜陳。

這時，屋子發出喀吱喀吱的聲響，緩緩向我靠了過來，直到窗戶的位置剛好在我頭上。芭芭從屋內探出頭，笑著說:「可以吃午餐了，我做了希意❶和黑貝果，

❶希意:包心菜湯。

傑克也有份。」

一聞到包心菜湯和剛出爐的麵包香，我的肚子便忍不住咕嚕作響。「剩下門閂就好了。」我拾起一塊腳骨重新繫回籬笆上，然後四處搜尋傑克的身影。

我發現牠正在乾枯的石楠樹叢下，繞著一塊風化的石頭到處啄食，八成是想看能不能發現潮蟲或甲蟲。「傑克！」我一喊牠的名字牠便抬起頭，其中一隻銀色的眼珠因為光線反射而閃了一下。牠以一種半飛半跳的笨拙姿勢跳到我肩膀上，試圖將什麼東西塞進我的耳朵。

「走開！」我伸手摀住耳朵。傑克喜歡把食物藏起來留待之後享用，但我不懂牠為何覺得我的耳朵是個適合藏匿食物的地方。牠見我伸手阻擋，於是轉而把東西塞進我的指縫間。我摸到某個又乾又脆的東西，攤開一看，原來是一個乾癟殘破的蜘蛛屍體。「真是謝了，傑克。」我把蜘蛛扔進口袋。儘管我知道牠分享自己的食物是一片好意，但我身邊已經有太多死掉的東西了。我甩了甩手，嘆了口氣說：「走吧，芭芭準備好兩人一鳥的食物了。」

我轉頭望向遠方的山腳，一幢幢屋子相依比鄰，在這個寒冷空虛的地方互相依偎。真希望我可以在山腳下和其他人一起，住在普通的房子裡，擁有一個再平凡不過的家庭。然而，我住的屋子偏偏長了一雙腳，祖母還是個「雅嘎」，專門守護從這個世界通往另一個世界的大門，因此我的願望就像插在籬笆上的骷髏頭一樣空洞而飄渺。

引導亡靈

夜幕將至，我點燃放在骷髏頭裡的蠟燭，搖曳的橘黃色燭光便從空洞的眼窩中映照出來。亡靈們紛紛開始抵達了。他們先是出現在地平線那端，猶如遠方升起的一團霧氣，直到蹣跚穿越崎嶇的石子地向屋子這邊走來時，形體才逐漸清晰。小的時候，我總會試著猜測他們活著時從事什麼工作、養過什麼寵物，但十二個年頭過去，我已經厭倦了這個遊戲。如今，吸引我目光的是他們身後那座遙遠的城鎮，鎮上的燈火就像一個宇宙，充滿無限可能。

這時，傑克拍打著翅膀冷不防從黑暗中竄出，嚇了我一跳。牠停在我身邊，爪子在木頭窗臺上敲出喀嗒喀嗒的聲響，同時抖了抖身上的羽毛，那聲音聽來彷彿吹過樹林的一陣風，空氣裡瀰漫著自由的味道。

「傑克，要是我可以飛到那下面去，和活著的人一起共度一晚就好了。」我一邊輕撫牠後頸的羽毛，腦中浮現各種人們能做的事。那些事我只在書上讀過，但要是我也在鎮上的話，我就能親身體驗了，無論是搭公車、到餐廳吃飯、上電影院或劇院看戲，或是去打保齡球，甚至溜冰……

「瑪琳卡！」芭芭的聲音傳了過來，窗戶應聲關上。

「來了，芭芭。」我披上頭巾向門口跑去。我得和她一起迎接亡靈，看她引導他們穿越大門才行。畢竟這是一項「重責大任」，而我必須「專心學習」，未來才能獨當一面。但我不願去想像那一天的到來。芭芭總說成為下一任女巫「雅嘎」是我的宿命，且等我真正成為女巫時，第一項任務就是要引導她穿越大門。想到這不禁讓我打了個寒顫，不過我很快就拋開這個念頭。就像我剛才說的，我不想去想像那天的到來。

我走進廚房時，芭芭正在攪拌著大釜中燉煮的羅宋湯❷。她轉過頭看著我，神采奕奕地笑著說：「我的普秋卡❸，妳看起來棒極了。準備好了嗎？」

我點了點頭，勉強擠出一抹微笑，內心巴不得自己能像她一樣熱愛這份差事。

她的目光轉向一旁的椅子，上面擺著一把上了絃且擦得晶亮的小提琴。她說：

❷音譯接近博許（borsch），以甜菜根為基底，依口味不同而有各種變化。
❸普秋卡：俄語「小蜜蜂」之意，用來表示親暱的稱呼。

「妳看，我終於上好絃了，希望亡靈中有人懂得拉小提琴。」

「希望如此。」不久前，有機會聽到不同音樂的消息可能還會令我期待，但最近無論芭芭修好了什麼老古董樂器，每個引導亡靈的夜晚對我來說都了無新意。我望著桌上等待被斟滿的酒杯問道：「要我倒點克瓦斯❹嗎？」

「好的，拜託妳了。」芭芭點頭回應。我穿過酸味四溢的燉湯煙霧，她則哼著不成調的曲子，舀起一勺鮮紅色的甜菜根湯嚐了一口，咕噥著說：「得再加點大蒜。」接著便扔了一大把生蒜瓣到湯裡攪拌。

我打開克瓦斯的瓶蓋，一股發酵後的臭氣旋即湧出，和湯的氣味融合在一起。我將克瓦斯倒進杯中，望著乳黃色的泡泡從深褐色的液體中浮起，在表面化成一層濃密的泡沫。一個個泡泡就這樣浮起又不見，就像所有亡靈終將消逝在長夜盡頭。既然明知不會再見，了解他們的過去又有何意義呢？

「他們到了！」芭芭大喊，同時敞開雙臂快步上前。一位老先生在門口徘徊，他的形體蒼白微弱，顯然已經等待這天等了一段時間，不用多久應該就能穿過大門了。

芭芭以亡靈的語言向他輕聲低語，我則趁這時候布置餐桌，擺上碗盤、湯匙、黑麵包、蘑菇餃、一籃蒔蘿葉、一碟碟辣根酸奶醬、各式各樣的小杯子，以及一大瓶拐杖酒❺。拐杖酒是一種給亡靈喝的提神飲料，芭芭說之所以叫這個名字，是因為它能支持亡靈走完接下來的旅程。

我試圖聆聽他們交談的內容，但卻始終聽不懂。對我來說，學會活人的語言就像在海灘上撿拾貝殼那樣容易，相較之下，學習亡靈的語言卻顯得困難重重。

我的思緒不受控制地飄向遠方的小鎮，那小鎮環繞著湖泊尾端較窄的地方。我曾見過人們在早晨三三兩兩地乘著小漁船外出，不禁好奇和朋友一起划船會是什麼感覺。我們可以一路划到湖中央的小島探險，在整片星空下升火紮營……

芭芭協助那名老先生坐下，同時輕推了我一把說：「妳能為我們的客人添一碗羅宋湯嗎？」

亡靈們接踵而至。儘管我腦海中的幻想還未完全消散，我依然替他們端上菜餚、安排座位、準備坐墊，一邊點頭微笑好讓他們安心。他們在劈啪作響的爐火陪伴下吃飽喝足後，很快就放鬆下來。這幢屋子為他們帶來了能量，使得他們的身形越來越具體，幾乎就像還活著一樣。幾乎。

❹克瓦斯：一種酸而濃烈的飲料，以麵包或穀物發酵製成。
❺俄文音譯為特羅斯特（trost），即拐杖。

亡靈們的笑聲迴盪在屋內，他們談論過去快樂的回憶與光榮的事跡，在提到悲傷與後悔的往事時低聲嘆息，而屋子也發出滿足的低吟。這屋子是為了亡靈而存在的，芭芭也是。她在滿屋的客人之間穿梭不息，原本佝僂的身軀此時就像蜂鳥一樣敏捷。

曾經幾次有人走近這間屋子。我聽過他們的耳語，聽見他們說芭芭既醜陋又恐怖，說她是女巫、是妖怪，甚至還有人說她會吃人。不過，他們從未看過她的這一面。她是如此美麗，奔走在亡靈之間為他們帶來祥和與快樂。我愛她咧嘴露出歪斜牙齒的寬闊笑臉、長了疣的大鼻子，還有從骷髏與花朵圖樣的頭巾底下露出的稀疏白髮；也愛她鬆軟的肚腩、彎曲粗短的腿，以及總能讓每個人感到輕鬆自在的能力。亡靈們剛來到這裡往往覺得困惑而迷失，但離開時卻都能帶著安詳平靜的心情，準備邁向下一段旅程。

芭芭是個完美的守護者。我永遠沒辦法做到像她那樣，而且我也不想成為一名守護者。成為守護者，表示要永遠負責看守大門和引導亡靈。雖然引導亡靈的工作讓芭芭快樂，但每晚看著他們離去總讓我感到更加孤單，滿心只希望我的命運另有其他安排，而且最好能和活著的人有關。

屋子這時移動了重心，敞開天窗沒入夜色中，讓滿天星星在我們的頭頂閃爍，灑下如雨絲般細小的光芒。「拐杖酒！」芭芭大喊出聲，接著便用牙齒咬掉瓶子上的軟木塞，空氣中頓時瀰漫著一股又甜又嗆的香氣，爐火也燒得更旺了。

然後，就在房間角落靠近壁爐的地方出現了一扇門。那扇門的形狀是大大的三角形，顏色漆黑，比墓穴深處還要陰暗，猶如吸收了所有光亮的黑洞般緊緊攫住觀看者的視線。越是盯著它看，那股吸引力就越強烈。

我雙手又在圍裙口袋裡走向那扇大門，目光則緊盯著地板，避免看向門後的黑洞。屋子的地板彷彿陷入那道裂口，消失在漆黑之中，但我可以從眼角餘光瞥見在一片虛無中閃過的微弱光芒和色彩，有曇花一現的彩虹、熠熠生輝的星雲、如浪濤般翻湧的積雲，還有永無止境的銀河。而在那之下很深的地方有一片汪洋，海水拍打在光滑的山壁上。我從口袋掏出蜘蛛的屍體放在地上。

蜘蛛的靈魂從死去的軀殼中抽離，疑惑地環顧屋內。動物是不需要引導的，芭芭說牠們比人類還要懂得生命的循環，所以牠不解的可能是自己為什麼會在一名雅嘎的屋子裡。

無論如何，我還是喃喃唸誦著送行亡靈的咒文。儘管有大半咒文我根本記不清，記得的部分又發音不標準，不過內容大致是關於在那條既長又艱困難行的道路上所需的力量、對於在世間的生活所懷抱的感恩，以及回到永恆星空的安詳平和。死掉的蜘蛛歪頭看著我，表情更加困惑了。我嘆了口氣，伸手將牠撥進門，心裡忍不住第一千零一次懷疑命運的安排出了差錯。我真的得成為守護者，費盡一生在道別這件事上嗎？即使我內心如此迫切渴望能獲得延續超過一個晚上的友情也是嗎？

芭芭在一旁唱起歌來，亡靈們也一起哼唱，聲音越來越高昂宏亮。其中一名亡靈拿起小提琴伴奏，在旋律逐漸加快之際，芭芭跟著拉起手風琴，使音樂更加豐富飽滿。整間屋子隨著節奏跳動，亡靈們也踏著腳步旋轉舞蹈。不過，漸漸地，他們感到疲憊而慢了下來，一個個帶著嘆息飄向大門。芭芭放下手風琴，在他們耳邊低聲唸誦咒文並親吻他們的臉頰，然後他們便帶著微笑沉入一片漆黑之中。

當天上的星星因為第一道曙光而黯淡下來時，屋子裡就只剩下一個亡靈。一個小女孩裹著芭芭紅黑相間的披巾，雙眼望著爐火。對年輕的生命來說，通過大門往往不是一件容易的事。他們在這世界上擁有的時間如此短暫，這對他們似乎並不公平。但芭芭說：「重要的並不是生命的長短，而是生命的甜美喜悅。」她說有些靈魂很快就能學會人生走這一遭所要學會的功課，有些則要花比較多的時間才能慢慢領悟。不過，撇開什麼人生的功課不說，我實在不懂為什麼我們不能都擁有又長又美好的人生。

芭芭將那女孩拉近過來，給了她一些杏仁糖，在她耳邊低聲說著我無法理解的語言，最後那女孩終於點頭，讓芭芭引導她穿越大門。隨著她的身影消逝，淡金色的陽光也從天窗照了進來，大門就這麼消失了。屋子吁了口氣，關上天窗。芭芭拭去眼角的淚水，但我無從得知她的眼淚是因為開心還是難過，因為她轉過身時已經掛上了笑臉。「要喝可可嗎？」她用亡者的語言問我，顯然思緒還沒徹底切換過來。

「好，謝謝。」我點點頭，一邊開始收拾桌上的碗盤。

「妳有聽見那個天文學家說，有一顆星星是用她的名字命名的嗎？」芭芭神采奕奕地開始話起家常。「我將一個觀星者送到了星星那邊！」

「亡靈的語言對我來說還是很困難。」我努力回想他們的面孔，試著搞清楚她指的是誰，但卻徒勞無功。

「不過我問妳要不要可可的時候妳聽得懂。」

我感到雙頰發熱，應聲說：「那不一樣，可可只是一個單字，但亡靈說話的速度很快。」

芭芭將滿滿一杯又熱又甜的巧克力遞給我，然後在壁爐邊的椅子上坐下，開口問：「今天早上要來讀些什麼呢？」

我們早上回房就寢前，芭芭總會唸書給我聽。我撥開頭巾坐在地板的坐墊上，輕倚著芭芭的膝蓋問：「今天可以改成說爸媽的故事嗎？」

「妳想聽什麼？」芭芭輕撫我的頭髮。

「聽他們怎麼認識的。」

「要再聽一次？」她問。

「要再聽一次。」我點頭。

「好吧。」芭芭輕啜一口可可，接著便開始說：「妳知道的，妳的爸媽都出生在古老的雅嘎家族，祖先可以一直追溯到大草原地區的第一代雅嘎。」

傑克在一旁小心翼翼地將一片蜂蜜麵包塞進我裙襬的皺褶裡，我伸手輕輕撫摸牠側臉柔軟的羽毛。

「妳母親的屋子從東部的宏偉山脈出發，妳父親的屋子則來自西部的尖口峰，然後兩幢屋子都毫無預兆地轉向南方，在沉沒之都的郊外過夜順便泡泡腳。」

「房子跑到腳都發燙了……」我幫忙補了一句。

芭芭笑著繼續說：「河水在月光下被燙得嘶嘶作響，而妳的母親被窗外的美景吸引，忍不住偷溜出去借了艘小船，在寧靜的夜晚探索河上的風光。」

我的腦中浮現漆黑如鏡的河水倒映著滿天星空的畫面，想像母親掄著槳划過水面，溫柔的波浪輕輕地搖晃船身。

「就在那不遠的地方——」芭芭邊說邊用腳規律地輕點地面。「妳的父親也沉浸在城市的美景裡，忘我地在屋頂上跳舞。」

我笑著問：「他還跟他爸媽住在一起？」

芭芭點點頭說：「當時妳母親已經住在自己的雅嘎屋裡有幾年的時間了，但妳父親還和他的雅嘎雙親住在一起。」

「然後我爸爸看見媽媽，就靠過去想看得更仔細一點……」我等著芭芭順著我的句子繼續說下去。

芭芭向我俯靠過身，就像我父親趴伏在屋頂上一樣，然後雙眼圓睜做出一臉害怕的樣子說：「結果妳父親失足摔落，整個人一直往下墜，眼見就要掉進河裡了……沒想到卻重重摔在妳母親的船上，船身搖晃太大，害得妳母親尖叫著跌進水裡。」

我忍不住搶著說下去：「於是爸爸就跳進水中救她，但在船裡又絆了一跤撞到頭，不省人事地掉進河裡。」

「所以最後還是妳媽媽救了他。」芭芭將手輕放在我肩上。

「然後他們就墜入愛河並且生了我。」我露出微笑。

「那是幾年後的事了，但沒錯，他們生了妳。瑪琳卡，妳就是他們的世界，他們非常愛妳。」

我嘆了口氣，放下手中的馬克杯。我熱愛這個故事，無論是映著月光的河流、在屋頂上跳舞或是跌進水裡獲救，全都是很棒的橋段，但這些並非我喜歡這個故事的原因。我喜歡這個故事是因為母親打破了身為雅嘎應該遵守的規矩，在半夜溜出房子還偷了船，卻沒有因此遭遇任何壞事。我也喜歡這樣出其不意的情節，腦中總想像有一天，會有某個人或某件事突然從天而降，就此改變我的生活。

班傑明

傑克站在石牆上看著我，一身灰黑色的羽毛被風吹亂，而我正費盡力氣想把一根大腿骨塞回原位。儘管豔陽高照，但空氣裡依然充滿寒意。昨天夜裡垮掉的籬笆只有一小部分，不過我的雙手太凍，因此花了比平常久的時間。

「**嘎嘎嘎**——」傑克在我耳邊大聲發出警報，嚇得我縮了一下。我轉身看見一個年紀和我差不多的男孩，就站在離我幾步遠的地方。我眨眨眼，懷疑我的白日夢是不是越來越真實、越來越頻繁，但那男孩並未消失，我的心跳不禁開始加快。他是真實的，一個活生生的男孩。他身上的深色長大衣敞開著，一隻小羊從他的胳肢窩下將鼻子湊了出來。

「嗯，那是人的骨頭嗎？」男孩看著我手裡的大腿骨和牆上插著的各種骨頭問道。

「對——不是。」我倉皇地移動腳步，擋住距離他最近也最明顯的骷髏頭。「我的意思是，這些不是真的。」謊言卡在我的喉頭，我可以感覺到自己的臉頰正在發紅。

「看起來很像真的。」他的嘴角微微泛著笑意，感覺並不害怕，只是好奇。

「呃，我猜可能是真的。」我用顫抖的手指將大腿骨放在石牆上，深怕把他嚇跑。「我是說，它們並不新鮮。」

男孩揚起眉毛。

「也就是說我沒有殺死任何人。」

「噢，我也不覺得妳殺了人。」他的目光掃過石牆，望向後方的房子。房子此刻蹲坐在地上，兩隻腳都藏在下方，因此看起來就像一棟尋常的小木屋一樣。「妳是來度假的嗎？」

「我剛搬來，跟我的奶奶一起。」

「我以前從來沒看過這裡有房子，它是哪冒出來的？」

「它自己走過來的。」

芭芭要是知道我說了實話鐵定會把我訓一頓，但我老早就學到了一件事，那就是根本不會有人相信房子會走路，而且老實交代也比扯些比這更不像話的謊話簡單多了。男孩的視線從房子轉向我，露出禮貌的微笑，顯然認為我在撒謊，正等著我給他真正的答案。

「我叫瑪琳卡。」我趕緊伸出手，一方面想趕緊轉移話題，一方面是等不及觸摸一個活生生的人類（準確來說芭芭也活著，但她年紀太大了，不能算數）。男孩握住我的手，他的手掌溫熱且微微汗溼。我忍不住開心地笑了起來，臉頰因為用力而發疼。我已經記不清上次跟活人對話是什麼時候了，更不用說是實際碰觸到他們，再怎麼樣我想至少都有一年，而如果是和我差不多年紀的孩子就更久了。

「我叫班傑明。」他抽回手，就在我納悶自己是不是太用力時，我的注意力被他大衣底下那隻不停扭動的小羊給吸引了過去。

「我可以摸摸看嗎？」我問班傑明，見他點頭之後便輕輕揉了揉小羊的頭。「牠好小啊。」

「牠是個孤兒，才剛出生沒幾天而已。我要把牠帶回家養大。」

「好棒喔，我也想要有隻小羊。」

班傑明小心翼翼地望向傑克。此時傑克正在石牆上來回逡巡，雙眼緊盯著小羊不放。

「噢，傑克不會傷害牠的。」我開口安撫他，但心裡也稍微遲疑了一下。

「牠是妳的寵物嗎？」

我抬起手臂讓傑克跳上來，然後說：「算是吧。我從牠小的時候就開始養牠了，牠也是個孤兒，是我在立石島上發現的。」

「那裡也是妳家房子自己走去的嗎？」班傑明笑著問，眼裡閃爍著一絲狡黠。

「房子沒辦法在水上走路，它是游過去的！」話一說完我才想到這些話在他聽來應該十分荒謬，不禁緊張地乾笑。

班傑明將小羊往懷裡拽得更緊了些，然後抬頭看了看天色。我突然意識到他就要離開，而我又要變成自己一個人了。想到這裡，一股涼意竄過四肢。要是錯過這次，我接下來說不定有好幾年都沒有機會和活人說話了。

「你想來點克瓦斯嗎？」我脫口問道。

「那是什麼？」

「一種飲料。」我咬了咬嘴唇，懊惱不該說出克瓦斯的。我們已經到了一個芭芭稱作是湖泊之鄉的地方，距離大草原地區十分遙遠，班傑明當然不會聽過克瓦斯，甚至可能會覺得味道很奇怪。這時，他懷裡的小羊咩咩叫了起來，以牠的體型來說，那叫聲真是不可思議地響亮。我靈光一閃，便大聲接著說：「是給羊喝的！」

「嗯，但我應該……」班傑明有些戒備地看著後方的屋子。我瞬間以為房子醒過來做了什麼嚇到他，像是調整重心或是伸出它的腳爪，幸好我回過頭去發現房子依然熟睡著。

我心裡好希望他能留下來，胸口糾成一團，忍不住開口：「求求你，我在這附近還沒遇過半個人，但我很想了解一下這座小鎮跟……」我看著班傑明的眼睛，話沒說完但聲音越來越小。他有一雙友善的棕色大眼，當我看出他有意留下時，內心不禁一陣雀躍。

他笑著說：「好吧，就讓我來嚐嚐克瓦斯。如果妳有溫水的話，我也可以弄點東西餵小羊吃。」

為了避免吵醒房子，我走進去時特意放輕腳步。小時候，我們常會玩一個叫做「雅嘎的腳丫子」的遊戲，我會躡手躡腳地跑到房子身上，想辦法在它察覺並且把我趕跑前摸到它的腳，因此我很清楚哪裡是它的弱點和死角，知道坐在哪裡等候活人的到來不會被它發現。

此時，芭芭正在壁爐邊的椅子上熟睡。我暗忖著相較於陌生的克瓦斯，班傑明應該比較習慣喝熱可可，而且這樣可能會喝比較久，因此悄悄從壁爐上的杯架取下三個馬克杯，舀了可可、奶粉和糖粉裝在其中兩只杯子裡，再小心翼翼地從爐火上掛著的水壺裡斟滿三杯熱水。

傑克飛到門廊上，落地時爪子在靠近我的木頭地板上發出喀搭一聲。我怒瞪了牠一眼，同時用手指抵住嘴唇。傑克停下動作頭一歪，聳聳翅膀滿不在乎地做出道歉的樣子。當我拿起馬克杯輕手輕腳溜出去時，傑克就跟在我身後，用爪子踏出比剛才更大的腳步聲。有時候，我不得不懷疑牠滿希望我被逮個正著的。

班傑明坐在籬笆外側一塊能俯瞰村莊的大岩石上。那塊石頭很大，大到可以讓我們兩個一起坐。我一想到自己即將坐在一個活生生的人類旁邊，便再度感到一陣興奮。

也許我們能一起聊天並成為好朋友，也許他會再來找我，而我們可以到附近散步和玩遊戲，就像其他孩子一樣——我猜他們應該會做這些事。這些念頭讓我的心跳加速，幾乎就要跳出胸口，拿著馬克杯的雙手也忍不住顫抖。

推開用骨頭做成的籬笆門會將房子吵醒，於是我從籬笆垮掉的地方跨了出去，一陣冷風頓時迎面襲來。我其實不該走出籬笆的範圍，但每次跨越那條界線，就算只有幾步之遠，都會讓我覺得更加生氣勃勃。一切事物都顯得更加巨大、明亮而且色彩鮮豔，令我不禁好奇母親當初趁著半夜溜出門偷船時，是不是也有同樣的感覺？

「這聞起來像可可。」班傑明嗅了嗅我給他的飲料後開口說道。

「噢，是可可沒錯。」

「我以為你要給我克瓦斯？」

五臟六腑。

「可可比較暖和。」我啜了一口手中的可可，感覺到一陣香甜的暖流流過我的五臟六腑。

班傑明將馬克杯放在石頭上，伸手從口袋裡掏出一只瓶子和一個皺巴巴的信封。

「那是要給小羊的嗎？」我問他。

「對，這是一種特殊的奶粉。」他把一些奶粉倒進瓶子裡，加入熱水搖一搖，再將瓶蓋換成奶嘴，然後問我：「妳想餵牠嗎？」

「噢，當然好啊。」我放下馬克杯，班傑明便將小羊抱到我的腿上。我試著用披巾包住牠，但牠的腳卻一直亂踢，最後小羊終於以一個看起來不太舒服的姿勢安頓下來，而我則從班傑明手中接過瓶子。

小羊喝得很急，奶水不斷從一邊嘴角滴落。傑克在一旁戲劇性地大叫，接著昂首走到一旁的樹叢裡，用誇張的姿勢翻找藏在石頭底下的蟲子。牠顯然是吃醋了，我心想等等得從廚房拿點好吃的東西彌補牠才行。

班傑明望著小羊，好一會兒才再度拿起杯子開口問：「所以妳會去鎮上的學校嗎？」

我搖搖頭：「因為我們常常搬家，所以我是在家自學的。」但我沒有告訴他，我要學的是如何成為下一任守護者、亡靈的語言和送行亡者的咒文，以及如何為亡靈烹飪並引導他們穿越大門。芭芭說這些事不該讓活著的人知道，再說我對他的生活還比較好奇。「那你有上學嗎？」我邊問邊想著在教室裡和一群孩子趁著休息時間一起玩遊戲會是什麼感覺，而那畫面光是想像都令人眼花撩亂。

「本來有，但我被停學了。」

「那是什麼意思？」

「就是我有一週的時間不能去學校，不過並不是因為我做了什麼壞事。」班傑明急忙補充：「只是我和其他男孩因為一些無聊的事起了爭執，雖然沒有人是故意的，但情況有點失控。」班傑明嘆了口氣說：「我覺得自己格格不入，妳懂嗎？」

我點了點頭，但我其實並不懂，因為我從沒機會了解自己能否融入群體。

「你們為什麼會一直搬家？」他問。

「我奶奶是個音樂家，為了找尋靈感，所以喜歡到處旅行。」我將空瓶遞給班傑明，但依然讓小羊蜷縮在我的腿上。牠實在太溫暖了。生命的溫度是無可比擬的，那股暖意彷彿就要滲進我的靈魂深處。

「妳的爸媽呢？」班傑明大口喝光剩下的可可。

「我還是個嬰兒的時候他們就過世了。」一幢被火舌吞噬的雅嘎屋絕望狂奔的景象閃過我的腦海，我用力眨眨眼並深吸一口氣，試圖甩掉這個畫面並平復心情。

「我的母親也在我還是嬰兒時過世了。」班傑明靜靜地說。

他的理解讓我緊繃的胸口放鬆下來。我很高興能和班傑明擁有共通點，即使是因為這麼糟糕的事也無妨。

「我常常想到我媽，儘管我從不認識她。」班傑明一邊說，一邊細心地用蠟紙將小羊的瓶子包起來。

我點點頭說：「我懂你的意思，我也會想要是我爸媽還在的話，生活會有什麼不同。」一想到我那偷船的母親和在屋頂上起舞的父親，我的胸口便又揪了起來。他們能理解我為何不想成為守護者嗎?他們會願意讓我擁有其他夢想嗎?我轉頭看向班傑明，希望他能換個話題。

「所以妳現在就只有奶奶、寒鴉跟一棟會走路的房子。」班傑明揚眉露出微笑。

「沒錯。」我點了點頭。「而且我們常搬家，我又不上學，所以有時挺孤單的。」我笑著說，雖然這一點都不好笑。

「嗯，不過在學校還是有可能會覺得孤單，就算身邊都是人也一樣。」

「身邊都是人怎麼會孤單?」

「他們可能並不友善，或是根本不懂你。」

我腦中浮現每個引導亡靈的深夜，想起自己是如何在他們之間卻仍無法克制地感到孤單。我總以為之所以會那樣，是因為他們是亡靈而我還活著。沒想到即使和活著的人在一起也會有同樣的感覺。

「牆上的那些骨頭是怎麼回事？」班傑明問道。

「算是一種傳統吧。」

「類似萬聖節那樣嗎？」

「差不多。」我望向下方的湖畔小鎮及散布在附近的小村落，然後問他：「你住在鎮上嗎？」

「我住在村子裡，就在那邊。」班傑明靠向我身邊，用手指向山谷的那一頭。我的臉頰可以感受到他呼出的氣息，頓時渾身發顫，動彈不得。班傑明再度坐直，同時指著另一個方向說：「我這段時間都在另一個山谷的農場上幫忙，這是我爸的主意，他希望我停學期間也有點事情可以忙。我就是在那裡找到小羊的。」他朝著正在我腿上睡得安穩的小羊抬了抬下巴，然後接著說：「老實講，我有點擔心我爸不會讓我養牠。」

「噢，我想他會同意的，誰能拒絕得了這個小東西呢？」我摸了摸小羊臉上鬆軟的絨毛。

「妳說的也是。」班傑明輕輕點了點頭。「但我還是應該先問過他，畢竟他對我被停學的事有點生氣。」他說到這裡突然停了下來，睜大雙眼說：「嘿，我想到一個好主意。小羊能不能先留在妳這兒，只要到明天就好？這樣我今晚就可以回去問我爸，然後明早再過來接牠。妳願意嗎？」

「我……我……」我的大腦飛快地運轉。對我來說，能留下小羊然後明天再見到班傑明當然再好不過了。自我有記憶以來，我就一直夢想著能有朋友——和我年紀相仿且活生生的人類朋友，可以一起聊天，一起做各式各樣的事，而班傑明和我又有這麼多共通點，簡直就是命中註定！但該怎麼瞞過房子呢？還有芭芭？要是他們發現我和其他人說過話，接下來一個月內都不會讓我離開他們的視線範圍，甚至更久都有可能。我的目光望向班傑明，但所有擔憂都在看到他那張大大的笑臉後消失得無影無蹤，於是我說：「我很樂意讓牠留下。」

話雖如此，當班傑明離開而我重新踏回牆內時，各種擔憂便朝我襲來，而且比先前更沉重、黑暗一百倍……因為房子此時已經坐起身，直勾勾地盯著我看，正面的兩扇窗戶因為蹙眉而緊緊皺在一起。

太過沉重的毛毯

「我們可以把牠養胖，到了春天再做成羊肉羅宋湯。」芭芭笑著說。

「不行！」我把小羊緊摟在懷中，試圖用身上的披巾將牠包住。

「不然妳打算拿牠怎麼辦呢？牠會長成一隻一天到晚只想吃東西的大肥羊，但我們的屋子不會總是停在長滿綠草的地方。」

「我不會留牠太久的，只要牠強壯到可以自己在野外生活就好。」我瞥向窗外，心想班傑明明天把小羊帶走後，我會告訴芭芭小羊自己跑掉了。

我腳下的地面猛地晃了一下，害得我往前跌。

芭芭挑了挑眉：「妳到底是從哪裡找到這隻羊的？」

「我跟妳說過了，牠孤伶伶地被拋棄在籬笆附近。」我雙頰灼熱，只能低頭看著懷裡的小羊。

「在籬笆的哪一側？」

煙囪大聲吁了一口氣。我知道房子有看見我從牆的另一邊走進來，但仍暗自希望至少它沒看到班傑明。「我不太確定。」我咬著嘴脣，緊盯著屋梁說：「因為籬笆倒了，所以有點難說。我正在修補籬笆時就聽見羊的叫聲。」

芭芭眉頭緊鎖，搖了搖頭說：「妳曉得妳不該跨出籬笆的，這樣很危險……」

「我沒走多遠！」我出聲打斷她。「那不然我該怎麼樣呢？就把牠扔在那兒嗎？」

「妳可以先跟我說，這樣我就能跟妳一起去。」

「妳當時正在睡覺，我不想把妳吵醒，再說牠其實也不完全算是在籬笆另一邊。」我直直地看著芭芭的眼睛，因為關於這個部分我並沒有撒謊。

芭芭的表情稍微緩和了下來：「好吧，但妳要答應我……」

「我不會再犯了，我保證。」我趕忙堆起最燦爛的笑容。「所以我可以留下牠了嗎？」

芭芭笑著點了點頭，對我說：「妳可以拿一些骨頭去，幫牠在走廊上搭一個小窩。」

「謝謝妳！」我奔出後門，沿著迂迴的走廊一路跑到地面寬闊平滑的集雨桶旁。這裡是屋子的聽覺死角之一，這樣一來我和小羊說話時就不會被聽見了。

我用披巾包覆小羊，將牠放在一只大籃子裡，接著花一整天時間竭盡所能為牠搭建一個最舒適的小窩。我一邊將骨頭固定好，一邊仔細觀察這些骨頭，好奇有哪些來自我爸媽的房子。芭芭曾說，那場大火帶走了一切，只留下他們籬笆上的骨頭，因此她便將那些骨頭撿回來，後來就和我們的混在一起了。我真希望能有其他東西可以紀念我爸媽——除了骨頭以外的任何東西。

天色漸漸暗了下來，傑克站在籬笆另一端的骷髏頭上大聲啼叫，不知不覺就到了點燃蠟燭的時候了。我先餵飽小羊，接著在牠的小窩裡鋪滿舊羊毛毯，確保牠暖和又舒適後，才去點亮骷髏頭裡的蠟燭並打開骨頭做成的大門，等候亡靈的到來。

結果，那一整個晚上我都恍恍惚惚的，比平常還要心不在焉，不僅掉了碗、弄翻椅子，甚至外頭一有什麼動靜就嚇得跳起來。芭芭以為我是因為擔心小羊才會這樣，而我雖然也擔心小羊，但更多時候是在想著隔天早上要再見到班傑明的事。我心裡既興奮又害怕，像是有無數隻蝴蝶在身體裡振翅狂飛。

就在我打破那天晚上的第二只杯子後，芭芭便要我把小羊帶回房間裡。她在我的臉頰上留下令人發癢的一吻，囑咐我好好睡一覺。但我只要想到明天，就知道自己是絕對睡不著的。

我一推開房門便忍不住笑了出來。房子在我的房間角落為小羊做了一個小窩，有草地和迷你圍籬，一旁還有一座長滿青苔的小碉堡，就像小時候房子蓋來讓我玩耍的那些城堡一樣。

問題是我已經不再是小孩了。看著眼前這座小碉堡的同時，一股奇怪的感覺也壓迫著我，彷彿身上覆蓋著一件太過沉重的毛毯。以前，房子會為我建造舒適的洞窟、各種小型世界，還有會走路的樹和會跳舞的花。這種扮家家酒遊戲總能讓兒時的我無比開心，快樂得幾乎像要炸開一樣。

然而，逐漸長大之後，無論房子為我做了什麼，都依然無法消除我想要出去探索真實世界的渴望。我想要接觸其他人，想要擁有能延續超過一個晚上的友誼。

我打開書本試圖分散自己的注意力，卻剛好讀到故事裡的角色在湖邊漫步，便忍不住幻想和班傑明一起散步會是什麼樣的情景。我改玩排字遊戲，用木片排出**朋友**和**生活**這類字詞，不過遊戲用的字板上還有讓另一個玩家排字的空間，我又開始猜想班傑明會不會玩。最後，我放棄了這些嘗試，坐在窗邊望著山下小鎮街燈串起的點點星光。

房門外傳來芭芭高聲引導亡靈的聲音，隨著儀式的進行，聲音也越來越弱。然後我聽見芭芭在為她的巴拉萊卡琴❻調絃，接著她彈奏了我小時候最喜歡的搖籃曲。然而，今晚這首搖籃曲也像房間角落的青苔碉堡一樣，讓我倍感壓抑與焦躁。當芭芭終於拖著步伐回房就寢時，我不禁鬆了一口氣，重新沉浸在自己的幻想裡。

第一道曙光將天際染上一絲粉紅，我們的房子也逐漸鬆懈下來。我一確定房子陷入沉睡後，便拉緊身上的披巾，悄無聲息地溜出門。

傑克站在骷髏頭上，看著我躡手躡腳地走向籬笆。我用食指抵住嘴脣，拋給牠一個「拜託別出賣我」的眼神。值得慶幸的是這回牠沒有搗亂，但我的心臟狂跳不已，聲音大到我深怕會把房子吵醒，同時我向芭芭許下的承諾也不斷在耳邊迴盪。

冰冷的霧氣聚集在籬笆附近，在骨頭表面薄薄裹上一層閃亮的冰霜。我放眼環顧四周，不禁打了個寒顫。在確認這裡是房子的視線死角後，我才安心地跨過籬笆，坐在昨天我和班傑明一起聊天的那塊石頭上等待。

傑克飛到我身邊，不時用頭頂我的手肘要我摸牠。我從圍裙口袋掏出加了香料的蜂蜜麵包碎片餵牠，靜靜望著白色的霧氣逐漸消散。

「**嘎嘎嘎！**」傑克冷不防厲聲大叫。牠拍打著翅膀飛向空中，還撞掉了籬笆上的一顆骷髏頭。

我的心臟瞬間跳到喉嚨，趕緊轉過身去查看，幸好房子並未被吵醒，仍然將兩條腿藏在門廊底下熟睡著。我跳下大石去撿起地上的骷髏頭，當我再度直起身時，就看到班傑明了。我的臉上揚起大大的笑容，興奮地向他揮手。

「哈囉，還在玩妳的骨頭嗎？」他也向我露出微笑。

我這才意識到自己手裡還拿著骷髏頭，紅著臉說：「噢，不好意思，它剛好掉下來了，所以我……」

「我可以拿拿看嗎？」班傑明問，於是我將骷髏頭遞給他。他將骷髏頭舉到自己面前，盯著那雙空洞的眼窩說：「感覺真奇怪，不是嗎？」

「什麼？」

「就是這曾經是一個活生生會四處走動的人。真好奇他原本是怎麼樣的人，又過著什麼樣的生活。」

「不管他以前是什麼人，他都已經不在了。」我從他手中拿走骷髏頭，重新在籬笆上放好。我每個晚上都得聽那些亡靈訴說自己過往的人生，所以此時此刻只想好好體驗一下自己的人生。

「小羊還好嗎？」班傑明問。

「牠很好，正在我房裡睡覺，你要的話我可以現在去把牠帶來。但我本來是希望我們能……」我的話梗在嘴邊。昨晚我明明覺得邀班傑明一起去散步會是個好主

❻巴拉萊卡：一種樂器，琴身呈三角形，有三根絃。

意，此刻卻突然對這個念頭感到不安。從小到大，我離開籬笆從不曾超過幾步的距離。要是芭芭說的是真的呢？外面的世界會不會真的很危險？

「去散個步？」班傑明代替我說完剩下的話。「我也正想問妳同樣的問題。我今天得去山屋補貨，離這裡不遠。妳要一起去嗎？」他指向山的另一側問我。

我答不出話，甚至連呼吸都感覺困難，只能點點頭並緊握雙手，努力壓抑指尖的顫抖。我根本不知道山屋是什麼，對於補貨要做些什麼也毫無概念，但這將是我人生第一次離開這座房子，去展開屬於自己的冒險。滿腔興奮和期待讓我腦袋發昏，我深吸一口氣，腦中浮現母親坐在小船上的景象，然後暗自在心裡告訴自己：一切都會沒事的。

到籬笆的另一邊

當房子消失在我們的視線範圍時，我不禁鬆了一口氣。儘管心裡還是有點擔心會遇上麻煩，但正因如此才更要在可以的時候盡情享受每一刻。

「山屋是什麼？」我開口問班傑明。

「給健行的人用的休憩所，通常都是小茅屋，而且門不會鎖，大家都能進去。不過，今天我們要去的是山邊的一個洞穴。」

「那為什麼要補貨？」

「我爸爸是個老師，他明天要帶一些孩子上山郊遊，所以要我帶些補給品去放。」班傑明轉向我，笑著說：「說穿了，他只是想找點事讓我忙而已。」

「他在你上課的學校教書嗎？」

「對啊，這就是我覺得無法融入的其中一個原因。」

「真的嗎？為什麼？」

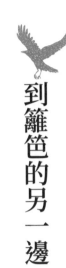

班傑明聳聳肩說：「有些人就是不想和老師的兒子做朋友。」

我的眉頭緊鎖，深覺自己對於活人的世界有太多不了解。就在此時，傑克拍著翅膀從一團霧氣中飛了過來，我突然很高興牠能在旁邊陪我。「那其他無法融入的原因是什麼？」我問班傑明。

「多數男孩無時無刻不在聊足球或踢足球。」

「而你不喜歡足球？」我一抬頭，頓時被眼前的景色震懾到說不出話來。我們正要穿越一片巨石地，濃厚的霧氣使得這些岩石看起來就像漂浮在雲海上一樣。

「嗯，不太喜歡，我比較喜歡畫畫。」班傑明敏捷地從一塊石頭跳到另一塊石頭，一陣奇妙但宏亮的回聲隨著他落下的腳步響起。「大家把這地方叫做『空心岩』，因為踩過這些石頭時會發出聲音。」

我跳上一塊搖晃的岩石，前後移動重心，腳下傳來的聲響就像音樂一般。我不敢相信這裡離我們的房子這麼近，但要不是今天，我可能根本不會發現這個地方。石頭發出的聲音迴盪在我腦海裡，我想到自己因為那道籬笆的限制而不曉得錯過多少事物，內心便感到說不出的空虛落寞，就像這些石頭一樣。

班傑明回過頭，伸出一隻手要扶我。儘管我可以輕輕鬆鬆跳到下一塊石頭上，我還是抓住他的手讓他把我拉過去，帶著燦爛的笑容問他：「你喜歡畫什麼？」

「我大多畫鳥。」班傑明的視線轉向地上，我注意到他耳根有些發紅。「我猜這是我格格不入的另一個原因，畢竟學校沒幾個十二歲男孩會熱衷於觀察鳥這種事，所以我有時候會因此被取笑。」

「我很喜歡鳥。」我抬起手，傑克便重重地降落在我手臂上。

班傑明抬起頭，微笑著說：「牠很聰明。」

「沒錯，牠很聰明。」我點點頭。

巨石地毫無預警地結束，我們舉步踏上布滿碎石的坡地，緩緩爬上山丘。前方的峭壁上有一道寬闊低矮的裂口，那就是洞穴的入口了。然而，要爬進洞穴並不那麼簡單，當我們好不容易成功時，我兩腿痠痛，雙手也因為一直攀附在冷冰冰的岩石上而又冷又麻，感覺十分奇怪。無論如何，當我站在班傑明身邊，望向不再有籬笆阻擋的遼闊景色時，內心充滿著一股不可思議的感受。那一刻，我感覺自己好像無所不能。

「我來生火怎麼樣？這裡應該會有茶。」班傑明提議，同時將肩上的帆布包取下。

「我來吧，我們家都是我在生火的。」我說。

洞穴裡瀰漫著一股像臭襪子般的潮溼氣味，但我毫不在意，因為我現在正在其他活著的人會來的地方，身邊還有一個貨真價實的活人，感覺簡直棒極了。我雀躍地跑到後方的角落，那裡有各種有趣的東西——有人做了一個木製平臺，我猜是拿來坐或躺的，一旁還有一個小火爐，長長的煙囪直穿過岩石縫隙。一小堆木頭整整齊齊地放在火爐旁，石塊上則擺著幾只平底深鍋和琺瑯碗。

要在這裡生火是小事一樁，畢竟火種有了，柴枝劈好了，木塊也都是乾燥的。不過幾分鐘的功夫，火爐裡便熊熊燃起跳動的火焰，讓洞穴逐漸暖和了起來。

「火生的真好。」班傑明伸出雙手感受爐火的熱氣，我露出一抹開心的笑容。

「他們明天上山郊遊會做些什麼？」我忍不住好奇，不曉得到山上能學到什麼？和一大群小孩一起到這裡來又會是什麼樣的情景？我光是想像都覺得鐵定超級好玩。

「我猜他們會研究石頭，這裡有我爸爸做的學習單。」班傑明從背包裡抽出一個資料夾遞給我，然後又接連掏出許多東西，包括量尺、線球和迷你放大鏡，接著便把這些東西全都收進角落的箱子裡。

我在班傑明泡茶的同時翻閱那疊學習單，無奈看不出個所以然。要是我明天能親自到這裡來一探究竟就好了。

「要三明治嗎？」班傑明將包起來的食物拆開給我。這個三明治的麵包又方又白，無可挑剔，跟芭芭做的手工麵包完全不同。班傑明向我示範怎麼將馬鈴薯片塞進三明治裡，這樣一來每口咬下都會發出可口的酥脆聲。「很棒吧？」

「嗯。」我一邊點頭，一邊剝下麵包邊給傑克。

「妳到哪牠都會跟著嗎？」

「幾乎。」我輕撫傑克胸前柔軟的羽毛，再給牠一塊麵包，牠卻將麵包塞進我的襪子裡，然後用力拉緊我的鞋帶。「牠老是會把食物藏起來留著之後吃，我猜可能是本能吧。」我向班傑明解釋。「不過，牠也會分享自己的食物，而且還很愛玩。牠喜歡翻滾和滑翔，或是在枝頭上搖來搖去，有時我甚至會用樹枝和細繩做拼圖給牠。」想到這我又忍不住心頭一揪。我很喜歡和傑克玩，小的時候也喜歡和屋子玩，但我一直都很渴望能有其他玩伴——和我年紀相仿的玩伴。芭芭雖然也很有趣，但她畢竟一把老骨頭了，沒辦法一起賽跑或是玩球。

「我要幫牠畫張像。」班傑明從背包裡拿出一只馬口鐵做成的筆筒和一本厚厚的素描簿。

「可以讓我看你的畫嗎？」我靠上前去，想看清楚畫冊封面的塗鴉。

班傑明的耳根發紅，但他還是將素描簿遞給我。只見裡頭滿是各種鳥類、野生動物和農場禽畜的畫像，而且畫得栩栩如生。「你畫得太棒了！」我邊說邊翻到一頁未完成的人像，畫中的女人有一頭長直髮，眼神像班傑明一樣溫和友善。

「那是我媽媽，我看著照片畫的。」班傑明伸手拿回素描本，並從筆筒中抽出一枝鉛筆。「我可以連妳一起畫進去嗎？我沒什麼機會可以練習畫人。」

我不太確定該看哪裡，只好繼續餵食傑克，同時聽著班傑明手中的鉛筆在紙上刷刷作響。班傑明告訴我他想去學美術，希望長大之後能成為藝術家。我也希望自己能選擇長大後要做什麼，想到內心深處都在隱隱作痛。

「你相信命運嗎？」我脫口問道。

「不知道耶，妳信嗎？」

我抬頭望向洞穴外，深深吸了一口氣。從小到大，旁人總說我有命定的任務，但我寧可相信自己能夠逃脫這個宿命，或者多少改變它，不過我不曉得該如何向班傑明說明這件事。

就在我猶豫該怎麼回答時，班傑明放下手中的鉛筆，將目光從我轉向畫好的畫上，而後將素描簿遞給我。我看著畫中的女孩——頂著微鬈的頭髮、鼻子上長了雀斑，微笑著餵食地上一隻神氣揚揚的寒鴉。透過別人的視角看見自己真是太奇怪了，但這不知怎麼也讓我有種更加真實的感覺。

「你畫出傑克的神韻了，而且……」我仔細看著畫，畫裡的我臉上雖然掛著笑容，眼神卻透露出悲傷。無論班傑明是有意還是無意畫成這樣，我都覺得他把我畫得很好。「你真的很會畫畫。」

「謝謝。」班傑明將素描簿重新塞回帆布包裡，然後說：「我今天晚上會再加工一下，完成之後就可以送給妳，如果妳想要的話。妳明天想跟我一起到鎮上嗎？我可以帶妳到處看看。」

我的心跳簡直就要停止。全世界我最想做的一件事情就是去那座湖畔小鎮了，但我怎麼可能去？

我頓時感到滿腔怨憤，芭芭跟房子禁止我跨越籬笆的事根本不公平。和朋友一起到鎮上玩耍到底會引來什麼壞事？

「好，我去。」即使我還不確定要怎麼去，但仍堅定地回答他。我一定要去，因為我知道一旦錯過這個在籬笆外體驗友情和人生的機會，我的心一定會碎成千萬片。

我們在回程路上重新穿越空心岩時，周遭的空氣寒冷，但我的皮膚又熱又癢。無數個逃跑計畫從我腦海中掠過，但總在我試圖抓住它們時消失得無影無蹤。

班傑明一直陪我走到可以看見我家的地方。房子似乎仍在沉睡，姿勢和我出門時一模一樣。我一想到可能根本沒人發現我溜出去，嘴角就無法克制地上揚。

我和班傑明約好明天再見，也答應他小羊可以再多留一個晚上，因為他說他還沒問他爸爸能否收留小羊。我小心翼翼地跨進籬笆內，此時此刻一切都顯得如此美好。我想起母親和她的午夜小船，還有打破規矩也可能帶來美妙境遇的事。今天真是太完美了，而明天想必會更棒。

我打開大門的瞬間，溫暖的空氣迎面襲來。芭芭依然在睡覺，房子也靜悄悄的，就連小羊都還待在我房間，將頭枕在布滿青苔的小丘上熟睡著。我微笑著鑽進被窩，一股強烈的興奮感湧上心頭，我不得不將臉埋進枕頭裡才能克制自己不要大喊出聲。我不敢相信這一切都是真的！這就好像天上的星星看見了我的白日夢，決定讓我的願望成真一樣。我心滿意足地闔上雙眼，漸漸沉入夢鄉，祈禱著我的命運也能一同改變。

我感覺自己才睡著兩分鐘，就被一陣骨頭碰撞聲給吵醒。天色幾乎全黑了，所以想必我已經睡了一整天。我坐起身看向窗外，只見屋外的籬笆在大風中猛烈晃動，恐懼頓時像一波冰寒的大浪朝我襲來。

籬笆上有些骷髏和骨頭不敵強勁的風勢被狠狠甩了出去，發出讓人揪心的匡啷聲。說時遲那時快，房子用力深吸一口氣，將捲進空中的骨頭吸回貯放骨頭的倉庫並立即關上倉庫門，接著猛然一個傾斜後便拔地而起。

「不行！」我放聲大喊並跳下床，倉皇越過地上那座小青苔碉堡。不知怎麼跳出圍籬的小羊咩咩大叫，在地板上到處打滑，傑克則撲打著翅膀飛離我床板上的棲木，一邊嘎嘎大叫一邊繞著房間打轉。相較之下房子卻十分冷靜，並且已經邁開笨重的步伐開始行進。

「不！不！不！」我打開房門大喊：「芭芭，讓它停下來，拜託！」

出現在我面前的芭芭頂著一頭亂蓬蓬的稀疏白髮，猶如頭上環繞著光圈。她問：「怎麼了？發生什麼事了？」

「讓它停下來！」我忍不住尖叫，眼淚不斷從臉頰滑落。我感覺到房子漸漸加速，進入有節奏的慢跑狀態，頓時整個人無力地跌坐在地，將臉埋進掌心。

「讓什麼停下來？妳在說什麼？」芭芭在我身邊蹲下，伸手環住我的背。

「這棟房子！」我對她大吼。

她嘆了一口氣說：「妳知道我沒辦法，一定是時候到了。」

「但我們才剛到這裡兩個禮拜。」房子不能就這樣離開，至少不是現在。班傑明還要再來找我，帶著他棕色的大眼睛和親切的微笑——我們要一起到鎮上，還會成為朋友。這是我人生中第一次有勇氣和機會可以跳脫束縛去探索籬笆外的世界，但如今這棟房子把一切都奪走了。

「我想要留在這裡。」我嗚咽著說。

「噢，瑪琳卡。」芭芭一把將我摟進懷裡，在安慰人之餘也有些讓人窒息。房子如今已在全速疾馳中，距離班傑明、我原本可能擁有的友誼和那座燈光閃爍的湖畔小鎮越來越遙遠。「妳也曉得我們的房子必須不斷遷徙，大門才不會被活著的人發現，這很重要……」

「但為什麼？」我掙脫芭芭的懷抱，漲紅著臉怒吼：「這有什麼重要？反正他們最終還是會找到大門啊！他們都會死啊！既然如此幹麼還要搞得神祕兮兮的？我們為什麼就不能好好待在一個地方交點朋友？」我瞪著芭芭，怒火在眼中燃燒。她必須想辦法讓房子停下來，並且讓它回頭。然後我又想起小羊，不禁哭喊：「小羊！」

「妳可以留著小羊，春天的時候我們煮蔬菜羅宋湯就好了。」芭芭柔聲說道。

「妳不懂。」我沒辦法告訴她班傑明還要回來接他的小羊，但他只會找到一片空蕩蕩的大岩壁，就像我的希望和夢想一樣只剩下一片虛無。我沒辦法告訴芭芭我有多麼難過。

「我恨這間房子！我恨這種生活！」我聽見自己吐出這些憤怒的字眼，看著自己推開芭芭的手。恐懼像針一樣扎得我發疼，因為我感覺到我已經無法控制自己的情緒和行動，而且我知道只要待在這幢房子裡，我就永遠無法掌控我自己的生活、未來，甚至是我的命運。

我跑回房間，撲倒在床上一直哭到睡著為止，而那一整個晚上，房子始終不曾停止步伐。

炎熱的沙漠

我的喉嚨又乾又熱。窗外的陽光亮得刺眼，我拖著腳步走到窗邊，用手遮擋陽光並察看外頭的景色——沙子，放眼望去全都是沙子。還有火燒一樣的太陽，以及被高溫蒸出波紋的空氣。觸目所及沒有絲毫人類居住的跡象。

我用力呼氣，試圖吹開因為汗溼而黏在前額的頭髮，內心覺得無比沉重，彷彿整顆心臟都要沉到腹腔裡。我人生中從未經歷過如此痛苦的事——先使我燃起希望，又狠狠將所有希望撕成碎片，然後任由那些碎片在這間長了一雙雞腳的笨房子旁翩翩起舞。

傑克用尖嘴輕敲窗戶，窗框便向上敞開，瞬間就像打開烤箱門一樣湧入炙熱的空氣。傑克張開翅膀，在原地掃視遠方的地平線，接著笨拙地飛向外頭的一片黃沙。我懷疑牠能在外面找到什麼食物，只能祝牠好運。

早餐時芭芭準備了卡莎粥⑦和李子醬，並且試著開啟話題，說我們可以在外面享受熱沙浴、做沙雕，或是和傑克一起尋覓聖甲蟲和蠍子。但我始終板著一張臉，一點興趣也沒有。

「別這樣，瑪琳卡，事情有這麼糟嗎？亡靈今晚就會到了，我們可以一起開場派對。」

「只有死人的派對不能算是派對。」我咕噥著說。

「當然算！」芭芭的臉上揚起笑容，眼神閃爍著興奮的光芒，見我不領情地撇過頭才又無奈地嘆了口氣說：「妳昨晚說想在一個地方待久一點交朋友。」

我望向窗外，全身緊繃且兩眼一陣酸刺。

「但妳每天晚上其實都有機會交朋友。」芭芭柔聲說道。

「和死人？」我語帶諷刺地問。

「對，和死人。」芭芭聳聳肩說：「活人和死人有什麼區別？他們都是人啊。」

我用雙手摀住臉。活人和死人根本就不一樣，完完全全不一樣。

「只要妳願意花點時間傾聽他們——」

「那有什麼意義？反正天一亮他們就全都不見了啊！」我忍不住提高音量質問。

---

❼卡莎：一種粥，主要以蕎麥熬煮而成。

芭芭心平氣和地又說了一次：「只要妳願意花點時間傾聽他們，妳就會知道他們的故事，他們的生命也會豐富妳的生命，而這些東西會永遠陪伴著妳。」

「但那稱不上友情！」我大聲反駁。「友情是真的有個人能陪在身邊，一起說話和做事，而且不只有一個晚上。」

「亡靈們必須要通過大門，這妳知道的。」

「那就讓我跟活人做朋友。」我直視芭芭的雙眼，在挑戰她的同時也向她求情。

芭芭移開視線，搖著頭說：「不行，那不符合雅嘎的規矩，我們要確保活人不會接觸到這間房子和大門。」

「我絕對不會說出房子和大門的事。」

「我知道妳不會，」芭芭輕握住我的手。「只是這樣不安全。我們必須阻隔這兩個世界，這是我們身為守護者的職責之一。」

「要是我並不想成為守護者呢？」在我心頭縈繞許久的話終於脫口而出。

「成為守護者是妳的命運。」

我抽回手，不死心地說：「萬一不是呢？要是我不讓它成真呢？」

「命運就是如此，瑪琳卡。」芭芭並未大聲吼叫，但她的語氣堅定，彷彿想透過話語的力量來說服我。「有些事就是這樣，我們誰也改變不了。」她說話的同時傑克回到屋內，飛到她椅子後方的陰影處。芭芭接著說：「就像鳥會飛、魚會游泳一樣，妳也會成為下一代守護者。」

「要是我爸媽還活著……」我的聲音粗啞而顫抖。

「那妳就會繼承他們的房子成為守護者。妳會有更多時間可以準備，但終究還是會成為一名守護者。」芭芭再度握住我的手。「我也很希望他們還活著，真的。我一直努力按照他們的方式把妳養大，也像他們一樣愛妳，我只希望妳能快樂。」

「但我並不快樂。」我忍不住啜泣，因為眼眶裡盈滿淚水加上光線折射的關係，屋內看起來就像充滿星星和泡泡的萬花筒。

芭芭輕輕捏了捏我的手說：「妳得學會接受自己。妳體內流著雅嘎血液的這點無法改變，但妳若能多專注在自己所擁有的生活上，而不是一直幻想著妳所欠缺的事物，那我相信妳會過得更快樂。」

芭芭的話一點幫助也沒有，她根本不懂我有多需要逃離這一切。我猛然站起身，椅子被我推倒在地。「我得去餵羊了。」丟下這句話後我轉身離開，到大水桶去盛水。

放眼望去，這裡簡直毫無生機——沒有植物、動物，天空中沒有飛鳥，就連沙地上也見不到一隻昆蟲。這附近看起來不像是有水源的樣子，而水桶裡的水只剩下一半，撐得了一星期就算幸運了。換個角度想，這表示房子不會在這裡停留太久。

房子微微晃動，牆壁發出咯吱咯吱的聲響，像是聽見我在想什麼似的往沙地裡下沉了一點，彷彿要藉此展示它待在這裡有多舒適。我一腳將沙子踢在牆上，跺著腳回到房間，甚至忘了要幫小羊把水加熱。

傑克飛到我肩上，不斷將尖嘴伸進我耳朵裡。我摸摸牠並且拿了一些戈吉納基❽餵牠，然後便拿出瓶子準備小羊的食物。班傑明給我的特殊奶粉所剩不多，我希望接下來用一般的奶粉代替不會有問題。

小羊昨晚在我房裡待了一整夜，弄得我房間又髒又臭。我心想，今天的時間大概得用來打掃房間了，當然還要搭籬笆，然後要準備餐點和迎接亡靈……，不能就只是這樣，我的人生不能永遠這樣下去。我想要更多，想要探索都市和城鎮，想看表演和音樂會，想參加慶典和舞會，想認識其他人，想結交新朋友。

我決定將小羊取名叫「班傑」，這樣每次我看到牠就會想起，要不是因為這幢房子長了一雙笨腳，我本來能擁有一個名叫班傑明的朋友。牠會提醒我此時此刻的感受，提醒我要找出辦法逃離這樣的生活。

這一天過得格外漫長，熱氣也讓人無法忍受。雖然我做完一天的勞務之後已經感到筋疲力盡了，但是到了平常應該休息的下午我卻怎麼也睡不著，甚至在夕陽西沉、氣溫下降之後也依然無法放鬆下來。

芭芭喚我到走廊上和她一起看夕陽，說晚霞非常迷人。

「我在攪拌羅宋湯。」我淡淡地拋下一句話，伸手抓了一把大蒜丟進鍋子裡。

幾分鐘後，芭芭踩著輕快的步伐走進來，逕自拿走我手中的湯勺，然後將一朵粉白相間的星形小花放在我的掌心。那朵花好美，我從來沒看過像這樣的花，忍不住問：「是妳在外面找到的嗎？」

「我有助手。」芭芭朝傑克點了點頭，而牠正從門廊昂首走進來，驕傲地鼓起胸前亂蓬蓬的羽毛。「我請牠替我找朵花送給我的普秋卡。」芭芭輕吻我的臉頰，一把將我拉進懷中。我靠著她的頭，這才驚覺她如此瘦小。這一年來我長高太多，不知何時竟然已能低頭看她了。

❽戈吉納基：用堅果、種子和蜂蜜做成的一種塊狀甜點。

「妳不該再這麼叫我，我已經不是小嬰兒了。」

「妳永遠都是我的小蜜蜂。」芭芭將花插在我的耳後，她身上熟悉的氣味環繞著我，那是混合了薰衣草水、生麵團、羅宋湯和克瓦斯的味道。我深呼吸，感覺內心有一小部分的憤怒逐漸融化。儘管我還是很氣，但芭芭磨去了我胸口尖銳刺人的角。

星星出現的時候，亡靈也抵達了。今晚出現的亡靈們五彩繽紛，他們穿著色彩鮮豔的飛揚長袍、精緻披巾，留著如同火山玻璃般烏黑亮麗的長髮，即使是最年邁的亡者也不例外。他們為羅宋湯添加香料，為整個空間添加閃耀的光彩。他們拿到芭芭給的吉他後，隨即調整琴絃，以我未曾聽過的音符彈奏起來，旋律神祕卻悅耳動人。隨著亡靈們拍手踏步的節奏，房子也跟著起伏舞動。

亡靈一個個在我身邊起舞時，我的腳趾背叛了我的內心開始打起節拍。歡笑聲在亡靈之間此起彼落，我猜想他們的人生必定都過得非常充實快樂，也不禁好奇到底是什麼樣的回憶能帶給他們如此大的喜悅。儘管我試圖想聽懂他們說的話，但亡者的語言對我來說仍然有如鴨子聽雷。

當大門顯現，一陣空虛感再度湧上我的心頭。他們要離開了，就像我遇到的其他人一樣，總在我還沒有機會真正認識他們前就要離開了。芭芭親吻他們的臉頰，唸誦送別亡靈的咒文，然後他們便接二連三地離去。活人和死人說穿了可能真的差不多，因為不管哪一個都不會久留。

我心裡覺得自己今晚八成睡不著，因此自願打掃善後。芭芭緊摟了我一下便回房休息了，我則四處收拾杯碗，然後抱著滿滿一大籃準備拿到外頭清洗。

我就是在這時候遇到她的。

她坐在門廊前的階梯上凝視著天空，身上穿著一襲綠色長洋裝，披著一件如同雨後新芽般色澤明亮的絲滑披巾。她看起來形體分明，只有最邊緣的地方融進夜色之中。

流星劃過天際。芭芭曾告訴我，古老的祖先相信流星是步上旅程的亡者靈魂。我張著嘴直盯著那女孩，吃驚地說：「妳不該待在這裡，妳應該要通過大門才對。」

「我不想。」

「妳必須。」話雖這麼說，但我心裡也不禁納悶：**她真的必須嗎？非走不可嗎？**無論如何，大門現在已經關上，她過不去了。之前從未發生過這種事，亡靈們最後全都會離開。

這時，我突然意識到一件事，瞬間像是被電擊般彈了起來。我將整籃碗盤丟在地上，急匆匆地命令她：「妳再說點別的！」碗盤發出匡啷的撞擊聲。

「我不想要離開。」女孩輕聲說道，而我當下只想衝上前去抱住她——因為雖然她說的是亡者的語言，但每一個字我都聽懂了。

妮娜

她名叫妮娜，而我們聊了五分鐘之後，我就不想要她離開了。她比我還小一點，但我們今年都是十二歲；她留著一頭黑直髮，我的則是紅鬈髮，但我們的門牙中間都有一道小縫隙。

我們看著天上的流星，並跟對方分享自己聽過的關於流星的故事。不過，我並沒有告訴妮娜流星是亡者靈魂的那個故事，也絲毫未提起任何有關死亡或她之所以在這裡的原因。

妮娜曾經聽說，流星是天國的山羊奔跑時留下的足跡。她的故事大多都和動物有關，我們一聊就是好幾個小時，一起將天上的星星連成星座，回想各種用烏龜、長頸鹿、蠍子和蛇命名的星座故事。

然後，星星逐漸淡去，天空刷上一層粉紅。妮娜站起身，朝外面走了幾步。

「等等！妳要去哪裡？」我伸手想抓住她的手臂，但當然只抓到空氣。

妮娜停下腳步，望向漫無邊際的黃沙，皺著眉頭低聲說：「我也不知道，我不曉得自己在哪裡。」

「外面什麼也沒有，妳就和我一起待在這裡吧。」我朝沙漠擺了擺手，同時腦袋飛快地運轉，想著要怎麼在晚上大門開啟時將她藏在我的房間，這樣白天我們就能一起做點什麼。我們可以一起聊天、玩遊戲，房子移動到別的地方時也能一起探險……

「我應該要……我必須……」

「來看看我的羊。」我以迅雷不及掩耳的速度接口。

「妳有羊？」

「牠是個孤兒，我打算把牠養大。」我撿起先前被我丟在地上的籃子，示意妮娜跟我一起到屋後的門廊去看班傑的窩。昨天我在整理房間時將班傑的窩移到那邊去，班傑則蜷縮在我的舊披巾裡睡著。我們的腳步聲吵醒了班傑，牠從大水桶邊的縫隙探出頭，想要有人摸摸牠或給牠一點奶喝。

「牠好可愛啊！」妮娜微笑著搔了搔班傑的下巴，班傑則伸出舌頭舔她的手指。

「我們家以前有一匹駱駝，但我爸爸幾年前把牠賣掉了，然後我們就搬到沙漠邊緣的一棟白色屋子。」隨著回憶湧現，妮娜臉上的笑容亮了起來。「那裡有一口井，我爸爸還挖了小溝渠將水引到地裡，然後種了無花果、荷荷巴、小橘子樹、馬格里亞樹❾，甚至還有夾竹桃，因為我媽媽非常喜歡夾竹桃花。」妮娜的臉色沉了下來，接著說：「我媽媽……她最先生病，然後是我姊姊，接著是我……我怎麼會在這裡？」她瞇起眼，努力想回想發生了什麼事。

我將自己的披巾裹在她身上，就像芭芭會對其他不想穿越大門的亡靈所做的那樣。神奇的是，雖然我碰不到她，但我的披巾卻能撫慰她。芭芭說這和這幢屋子有關，我們的房子能帶給亡者步向下一段旅程所需的能量，讓他們看起來更加具體，所以他們某種程度上就好像還活著一樣，而且這種看似活著的狀態在每個亡靈身上、每一個瞬間都不相同。就好比在我們引導亡靈的過程中，即使亡靈的軀體並不存在，他們還是能吃能喝，最後又能毫無重力地飄向滿天星辰。

我把洗好的碗盤放在籃子裡瀝乾，然後問妮娜：「妳想來點卡莎嗎？」見她一臉困惑，我趕緊解釋：「是像粥一樣的東西。」

這時，屋內傳來腳步聲——芭芭醒了，正哼著愉快的小調。

「噓！」我渾身僵直，匆忙用手指抵住嘴脣並低聲對她說：「妳跟班傑一起待

❾馬格里亞：一種生長於沙漠的樹，果實呈棕色、櫻桃般大小。

在這裡，我去幫妳弄點粥。」

門發出巨大的咯吱聲響，我忍不住懷疑房子是否發現了妮娜的事想出賣我。我快速推開門，惱怒使得我的掌心發熱。我心想，每次我有機會交朋友時，房子總要來搞破壞。

「妳起得真早。」芭芭在我的臉頰印上一吻。

「我來看看小羊。」我移開視線，暗自希望她不要看出我臉色發紅。「我可以在外面跟小羊一起吃早餐嗎？今天早上的天氣太好了。」

芭芭笑著說：「當然可以。昨天開始妳的心情似乎好多了，真是太好了。」

我有些心虛地點點頭，同時著手準備班傑的奶瓶以及我和妮娜的卡莎粥。我拌了一大鍋粥並在上面撒上巧克力，然後在口袋裡偷偷多塞了一根湯匙。

妮娜和我一起坐在後門廊和班傑一起吃飯。我真慶幸自己把班傑的窩建在房子的聽覺死角，這樣一來，就算房子發現妮娜，它也聽不到我們說話。接著，傑克加入了我們的行列。我一邊用手指沾卡莎粥讓牠吃，就像牠還是雛鳥時那樣，一邊告訴妮娜我是怎麼找到並且養大牠的。

「妳有任何兄弟姊妹嗎？」她問。

我搖搖頭說：「沒有，只有我和奶奶一起生活。我爸媽在我還是嬰兒時就過世了。」

「我有五個姊妹，真是片刻不得安寧。」妮娜抱怨。

「我很想要那樣，這裡的問題就是太安靜了。」我抿抿嘴，屋裡依舊傳來芭芭哼歌的聲音。

妮娜的視線落在遠方，她的形體似乎淡了一些。她說：「我不知道怎麼回家，不知道怎麼回到我姊妹身邊。」

「噢，這幢房子會移動。」我機靈地插嘴：「它說不定能帶妳回家。」

「真的嗎？」妮娜的眉頭皺了起來。

「有可能。」說謊讓我的臉微微發紅，我只好轉而面向傑克。「我們應該不會在這裡待太久，頂多一到兩週，之後房子就會帶我們到別的地方去，可能是叢林、深山或是海邊。」

「妳有看過海嗎？」妮娜的眼神亮了起來。

「當然。」

「看起來怎麼樣？」她急切地靠上前。

「某種角度上來說跟沙漠有點像，只是把無邊無盡的沙換成水，波浪移動的方式也跟沙丘一樣，不過波浪速度更快。鹹鹹的海水噴在臉上時，就像迎風吹來的沙子。」

「但那一定還是跟沙漠大不相同。」

「沒錯，海邊很涼爽而且……」

「潮溼？」妮娜接口。

「對，非常潮溼。」我忍不住大笑。

「妳可以叫這棟房子接下來去海邊嗎？我很想親眼看看大海。」

我衷心希望我可以這麼做。要是能讓妮娜看到大海，她說不定就會忘了想回家的事，但我還是不情願地承認：「房子會自己決定要去哪裡。」看著妮娜的臉色暗了下來，我趕緊繼續說：「不過它常常去海邊。不久前我們曾待在一座小島，放眼望去四周全都是大海。隨著天空和光線的改變，大海的顏色每天都千變萬化，海灘上的卵石也會隨著打在岸上的波浪時起時落，而死掉的……」我戛然住口。

「死掉的什麼？」妮娜問。

我本來要說死掉的亡靈會穿越海面走來，但我想到另一段回憶可以帶過這個話題。「很多死掉的水母有一天突然被沖上岸，透明而且又溼又軟的，傑克吃了一隻之後就生病了。」

傑克在一旁豎起羽毛轉過身去。

「真是隻小笨鳥。」妮娜放聲大笑。「牠太可愛了。妳有寵物好幸運啊。」

「牠其實能自力更生，不算是寵物。牠學會飛的時候我以為牠會離開，但牠最後總是會回來，這讓我很開心。」

「現在妳覺得牠會永遠留在妳身邊了嗎？」妮娜接著問。

「我希望如此。」我看著傑克，感覺喉頭像哽了什麼東西似的。沒有什麼是永遠的，一切事物都會向前邁進，不管是活人、死人，就連這幢房子也是。我將雜亂的思緒拋到腦後，站起身說：「妳要跟我一起去檢查籬笆嗎？」

妮娜點點頭，我便帶著她走向房子和窗戶都看不見的角落，將籬笆掃視了一遍，確認沒有任何骨頭掉落。就像我之前和班傑明說的一樣，我也告訴妮娜這骷髏籬笆是一種傳統習俗。妮娜打了個寒顫，看著那些骷髏頭說：「我們沒有這麼奇怪的習俗。」

有那麼一瞬間，我透過妮娜的眼珠看見了籬笆和房子的倒影。空洞的骷髏頭佇立在一根根白骨上，變形的木板牆連接著彎曲的屋頂和歪七扭八的煙囪，門廊邊的扶手也以奇怪的角度高低起伏，而房子雙腳窩著的地方則堆著一叢叢小沙丘。

我回想妮娜對自己家的描述——白白淨淨的屋子，周圍還有五顏六色、香氣瀰漫的漂亮花朵。我們的房子對她來說想必非常奇怪，甚至可以說是恐怖。我轉身背對房子，爬到籬笆的另一邊。

「走吧，我們去散散步。」我示意妮娜跟上。

當我的腳踩到籬笆外側，一陣興奮便席捲而來。此時此刻，芭芭的命令已經被我拋到九霄雲外，我也不在乎有可能會被逮個正著。我滿腦子都是逃離的喜悅，就算只離開一下下也好。

我踢掉腳上的鞋子，任由沙子滑過我的趾縫，和妮娜一起漫步朝房子的反方向走去。巨大的金黃色太陽懸在地平線上，加溫凝滯的空氣。妮娜在一個跟我掌心差不多大的坑洞旁蹲下身。「這是蟻獅的陷阱。」她指著坑洞的中心說：「蟻獅的下顎又大又尖，牠們就埋伏在這下面，藏在深處等著螞蟻過來。」

「但螞蟻會就這樣掉到洞裡嗎？」我納悶螞蟻為何不繞過坑洞。

「螞蟻會從陡的地方滑下去，接著蟻獅就會朝牠丟沙子。螞蟻會奮力逃跑，但怎麼努力都逃不出去。」妮娜戲劇性地壓低音量，用手指模仿螞蟻掙扎的樣子。「牠就這樣隨著沙子越滑越深，最後掉在蟻獅的下顎。」妮娜啪一聲合上手掌，然後笑著問：「要不要留在這裡看一下？說不定會有螞蟻路過？」

我們在沙地上坐下，眼睛緊盯著那個坑洞。我問她：「要是真的有螞蟻路過，我們要幫牠嗎？在最後一刻救牠一命？」

「我妹妹以前就會這樣。」妮娜微笑著說。「妳想要的話當然可以救牠，只不過這樣蟻獅就沒東西吃了。蟻獅其實只是幼蟲，如果好好吃飽長大的話，就會變成像蜻蜓一樣的漂亮昆蟲。牠們有兩對長著斑點的翅膀，在黃昏飛過空中時，眼睛還會發出銀色的光芒。」

「嗯……」我頓時有些不知所措，因為我既不想妨礙蟻獅蛻變成美麗的蜻蜓，也不想眼睜睜看著螞蟻送死，還好直到最後也沒有半隻螞蟻出現。

太陽又向上攀升了一些，熱氣在地平線那端如同波浪一般蒸騰著。現在的溫度對螞蟻來說太熱了。牠們如果在這時候出來，恐怕在掉進蟻獅的陷阱前，就會先烤乾在沙子上。高溫開始讓我覺得必須回家去休息，而這念頭不禁讓我的心往下沉。

我趁著屋子睡著時偷偷將妮娜藏到房間裡，同時芭芭正抱著她的巴拉萊卡琴在空蕩蕩的壁爐前打盹。壁爐上凸起的牆面隨著煙囪細微的吐納一起一伏，將涼爽的氣流帶進房裡。我心想，這幢屋子的確又老又怪，但至少它將芭芭照顧得很好。我輕輕關上房門，深怕把芭芭或屋子給吵醒。

房間的窗戶開著，因此室內的空氣熱呼呼的。傑克面向窗外的沙漠蹲伏在窗臺上，半闔著雙眼並且微微舉起翅膀，彷彿想攔截任何一絲可能吹過的微風。我和妮娜坐在傑克身後的地板上，我教她玩跳棋，她則教我玩互猜對方在想什麼的心電感應遊戲。不過，這個遊戲我不太在行，而且因為天氣太熱，我在猜測她腦中想的橘色花朵是什麼的時候，一不小心就昏昏沉沉地睡著了。

我醒來時，房裡的空氣變得舒緩而涼爽，而妮娜正望著窗外。籬笆上的骷髏頭蠟燭已經點燃，在空無一物的沙地上投射出金黃的光芒與漆黑的陰影。我可以聽見芭芭的聲音，她正哼著歌為亡靈們打點食物。

我感覺胸口有什麼東西不斷往下沉，幾乎讓我無法喘息。妮娜如果不想要，就沒有理由非要她穿越大門不可，而且我也沒道理非得再失去一個朋友。這幢屋子想要掌控我們兩個的命運，但這根本不公平。

我拉起窗簾阻絕妮娜的視線，不讓她看見那些頻頻召喚她的骷髏，然後塞給她一本書，要她答應我無論如何都絕不能離開這個房間。

然而，那晚當我從旁幫忙芭芭導引亡靈時，腦中總是浮現大門敞開並將妮娜拖進門後的景象，如同一隻螞蟻掉進蟻獅的陷阱。可能失去她的念頭讓我渾身血液凍結，而我絲毫不知道該怎麼阻止這一切發生，就像我從來不曉得該如何掌控自己的命運一樣。

學會游泳

芭芭用鯰魚罐頭和蔬菜熬了一鍋烏哈⑩，燃燒的木柴在壁爐裡劈啪作響，火舌則不斷親吻著湯鍋外緣。可能失去妮娜的念頭縈繞在我腦海，加上高溫、魚腥味和香料的氣味，讓我忍不住覺得反胃。

「今晚，我們要用鮮魚大餐招待沙漠中的亡靈。」芭芭笑著朝餐桌點點頭。餐桌上已經擺好了克瓦斯和玻璃杯，還有一盆盆以「魚」為主題的料理：醃漬鯡魚搭配食品儲藏室裡的酸奶油、布林餅⑪佐煙燻鮭魚和蒔蘿、鹽漬鯉魚乾，以及迷你魚餃。眼看沒有什麼我能幫忙的地方，我便坐在一旁吃起布林餅，希望能舒緩一下糾結的胃。

⑩烏哈：魚肉口味的羅宋湯。

⑪布林餅：音譯接近布里尼(blini)，小鬆餅。

「妳睡得好嗎？」芭芭問道。

我點點頭說：「抱歉，沒能幫妳一起準備餐點。」

「不要緊的。」芭芭凝神望著我。我深怕她起疑，只好調整一下姿勢，將視線轉向餐桌。

「這些食物看起來很棒。」

「我稍微改良了一下羅宋湯的作法。」芭芭嚐了一口魚湯，又往鍋中加了一些胡椒後說：「妳來唸一次送行亡者的咒文。」

「我不會。」我皺起眉頭，壓根就不**想要**學會怎麼唸。這段咒文我已經聽了成千上百次，但每次都儘可能左耳進、右耳出。

「試試看啊。」芭芭鼓勵我。「會啼叫的夜鶯才能唱出優美的歌曲。」

我結結巴巴地開口：「願你擁有力量克服前方旅程的艱鉅，迎向正在等候你的星辰。」

「是呼喚你。」芭芭糾正我。

「懷抱對此生的感恩，繼續前行……」我揉了揉太陽穴，做出努力回想的樣子。

「瞬間即是永恆……」芭芭低聲提示。

「是無價的寶藏？」我開口詢問的同時，思緒卻不停飄向妮娜。要是能帶她去看看大海該有多好……

「帶著世間的回憶，因那是無價的寶藏。」芭芭點點頭接著問：「然後呢？」

「然後就要看情況了。」我將最後一口布林餅塞進嘴裡，希望能就此讓芭芭停止提問。

芭芭笑著說：「沒錯，接下來就要向亡靈說明他們從人生中獲得了什麼，又要帶著什麼到星星那兒去。這通常指的是家人或朋友的愛，但亡者可能擁有各式各樣的東西，包括音樂賦予的力量、探索帶來的樂趣、希望所點燃的光芒……」

芭芭樂此不疲地繼續舉例，但我忍不住再度分心。我心想，要是我這輩子都用來引導亡靈，那死後根本不會有什麼值得帶走的吧？

「瑪琳卡？」芭芭端上一盤加了香料的蜂蜜麵包，同時導回正題。

「什麼？」我喃喃問道。

「妳還記得最後面的內容嗎？」

我搖搖頭，嘆了一口氣。

「回歸星辰，重返祥和，偉大的循環已然終結。」芭芭用手比劃了一個大圓。

一陣令人坐立不安的灼熱感扎著我的後頸，芭芭十指交握，凝神望著我的眼睛說：「完成生命的循環是必要的。」

我的心跳加速，同時又覺得虛脫無力。芭芭知道了，她知道妮娜的事了。我移開視線，在裙子上抹了抹汗溼的手掌。

「所以守護者是很重要的存在，我們有責任協助亡靈走完這趟旅程，從他們來的地方回到天上的星辰那兒去。」

「不回去會怎麼樣？」我低聲問道，感覺自己整個腦袋都在嗡嗡作響。

芭芭不可置信地張大嘴，或許她根本就不曉得妮娜的事。「為什麼不回去？這樣他們會永遠迷失啊！」她倒抽一口氣，彷彿那是全宇宙最悲慘的一件事。

我從盤子上拿起一片蜂蜜麵包，撥去上面的麵包屑。其實我並不餓，只是不願去回想芭芭剛才說的話，想分散注意力罷了。

「我想今晚就由妳來唸送行的咒文好了。」芭芭緩緩點了點頭後說：「妳會需要引導誰穿越大門的。」

我急忙搖頭，揮著手說：「我沒辦法，我還沒準備好。」

「有時候，一股腦跳進去就是最好的學習方式。」芭芭咧口笑道，臉上的鬍鬚和一口歪斜的牙齒以各種角度向外凸出。「妳還記得妳學游泳時的事嗎？」

我翻了個白眼，無奈地哀嘆一聲。我們的房子有段時間落腳在一處陡峭的山壁，可以俯瞰緊鄰一旁的深水瀉湖。那座湖泊因陽光照射而變得溫暖，湛藍的湖面波光瀲灩。雖然芭芭不斷叫我試著下水游泳，但我完全不想把臉弄溼。

有一天，我就站在峭壁邊眺望著潟湖後方的汪洋大海，沒想到房子冷不防支起身，一條又細又長的腿猛然一伸便將我踢落懸崖。我一邊墜落一邊放聲大叫，接著便狠狠沉入水底世界，周邊剩下一片無聲的奇異轟鳴。經過一番彷彿永無止境的掙扎之後，我才終於浮出水面大口吸氣，同時不顧一切地伸手亂抓。然而，我既沒有抓到任何東西，腳下也踩不到地面，除了頭上的天空以外什麼也沒有。

我的頭不時沉入水面，而且越是奮力踢水，整個人就越是往下沉。一連吞了好幾口鹹鹹的湖水後，我使勁深吸一口氣，然後任自己沒入水中。

當我睜開眼時，所有的恐懼瞬間褪去。湖面下的世界是如此安詳平靜，如此湛藍無垠，就連漂浮在水中的點點泥沙也在一束束日光照耀下顯得斑斕奪目。如同我曾在早晨時看到的烏龜一樣，我開始緩慢而自然地移動身軀，終於隨著四肢滑動而微微前進。於是，我不停重複同樣的動作，同時踢水踢得更大力，沒多久便游得飛快，還能浮上水面換氣再重新沉入水中，就這樣向岸邊游去。

從那以後，我每天都會游泳，而且總是邊游邊睜眼看著水底。不過，我有很長一段時間都無法原諒這座房子。老實說，我甚至不確定自己是否原諒過它。當時的我氣到對它做給我的藤蔓鞦韆視若無睹，就連它用爪子戳我，表示想玩鬼抓人的遊戲時，我也全然漠視。

在我印象中，那天之後我就不曾再和房子一起玩了。我突然懷念起從前我們還是朋友的時候，但旋即又想起它做過的好事，忍不住一肚子火。

「我可能會死掉耶！」我對芭芭說的同時也是在說給房子聽。

「胡說！」芭芭大笑，搖著頭說：「我們的房子就在一旁守著妳，它有多會游泳妳也知道，絕不會讓妳身陷險境的。」她輕輕拍了拍壁爐上的磚牆，繼續說：「瑪琳卡，這棟屋子會一直照顧妳的，妳如今應該明白了才對。」

屋子的門在這時咿呀一聲敞開，第一位亡靈就這麼飄了進來，是個形體幾近透明、擁有一雙無邪眼睛的蒼白老人。芭芭笑容滿面地匆匆迎上前去，話題自她口中源源不絕地流出。我雖然很想專心，但卻不斷想起妮娜、生命的偉大循環和回歸星辰的事，還有我在尚未做好游泳的心理準備時，就沉入那座湛藍湖泊的恐懼。

越來越多的亡靈接踵而至，其中有的形體虛無、有的恍若在世，又有的沉默寡言、有的口若懸河。我納悶自己能否聽懂他們之中任何人所說的話，就像聽得懂妮娜一樣，結果事實證明我沒辦法。我無法清楚理解他們說的話，只能從他們的動作和表情依稀推測他們想表達的意思和所訴說的回憶，然後偶爾聽懂幾個單詞而已，跟我和妮娜交談時截然不同。

妮娜——我覺得好像應該去看看她怎麼樣了，但又不想在這時候貿然打開我的房門，畢竟「大門」現在是開著的，亡靈們正一個接一個消失，我深怕門一開妮娜也會被吸走。

「瑪琳卡。」芭芭出聲呼喚。她正攙扶著一位形體有如蜘蛛網般飄緲的老人，小心翼翼地引導他走向大門。我知道芭芭想做什麼，她想讓我負責唸誦咒文，送這個老人步上亡者之路。她特地挑了這名亡靈，因為他已經徹底準備好，甚至可以說一腳已經踩進門後了。他的眼神恍惚，彷彿能用那雙眼睛看見遠方的星星和自己即將前往的地方。

我假裝沒聽見，轉身背對著芭芭在屋內穿梭，掛著勉強的笑容替其他亡靈送上拐杖酒。我不想引導任何人穿越大門，就算是那個老人也一樣，至於妮娜就更不用說了。

我挺直腰桿，深吸一口氣並告訴自己，我不能像當初房子強迫我學會游泳一樣被迫去引導亡靈。即使無視芭芭的罪惡感讓我如坐針氈，但只要能夠短暫掌控自己的人生，這一切都還是值得的。

賽琳娜

幾小時後當我終於回到房間，妮娜變得更蒼白朦朧了，身體外緣像煙霧一樣融進空氣裡。芭芭稍早說的話還迴盪在我耳邊——他們會永遠迷失——但我儘量不去想這件事。趁著芭芭和屋子入睡時，我帶著妮娜到屋外一起玩耍。

我們在沙地上轉動車輪，還為了蓋沙堡而浪費了許多水。我心想，說不定水桶儲水不足能促使房子趕快移動到其他會下雨的地方，好比海邊。

搬到海邊之後，搞不好妮娜就會開心得忘記自己的過去。現在每當她講到家人，她還是會心情低落地想要回家，絲毫不曉得自己已經回不去，也不知道自己已經不在人世了。

隱隱不安的感覺像針一樣不斷戳刺著我。我努力讓妮娜不去回憶過往的同時，也在竭力不去思考遲早我恐怕需要告訴她事實的真相，而到那時我就會永遠失去她。想要擁有能夠延續超過一個晚上的友誼，難道是這麼不應該的一件事嗎？

我不斷將話題轉回當下或是未來，好比談論長大之後想做的事。妮娜說她想和她父親一樣成為農夫，在沙漠裡種植食物和花草，為了無生機的乾枯沙地注入生命。她說只要用對種子，不僅能栽種植物，還能蓄水、培育土壤，甚至能引來蟲鳥和動物。她說種下小小的種子並呵護它們成長，便能創造出一個世界。

輪到她問我以後想做什麼時，我沒有告訴她我註定成為下一代守護者，而是想像若沒有命運的束縛，我或許可以像班傑明一樣成為畫家，在學校教書，或在劇場表演。我回想所有曾在書上讀過的職業，只要想到能與其他人共事還能享受生活，憧憬之情就脹滿我的心。然後，我忍不住幻想自己住在一間沒有長腳的正常房子裡，定居在一個地方並且結交許多朋友。

當太陽升過我們的頭頂，逐漸甦醒的房子開始有了動靜，前門隨著它的呵欠而慵懶地敞開，兩條腿也在滾燙的沙地上盡情伸展。我和妮娜回到屋後門廊上曬不到太陽的隱密處餵食班傑，並將食物撕成碎屑拋到空中引誘傑克來接，直到牠厭倦了這個遊戲，飛上屋頂鑽進煙囪的陰影下。

我跟芭芭說我正在讀《雅嘎之書》——那是一本斑駁老舊的雅嘎指南，因此芭芭便自己著手準備料理。接近黃昏時，妮娜要我看飛過地平線的鴇鳥。她的眼神變得明亮，因為想起了自己曾在花園裡發現變色龍和眼鏡蛇的事，還有她父親指給她看的狐狸洞。為了在她又開始想家之前轉移話題，我便聊起海浪的洶湧，以及巨大的鯨魚在暴風雨過後躍出海面的景象。

天色很快地暗了下來，我偷偷讓妮娜從窗戶爬回房間，然後便去點燃籬笆上的骷髏蠟燭。我感到好沉重，雖然努力說服自己那只是因為太疲憊的緣故，但我內心深知這股沉重其實來自更根本的原因。那是關於妮娜，也關於我始終對她隱瞞真相的事。

而後第一個亡靈抵達，我看見時嚇了一大跳，因為那女孩長得太像妮娜，害我瞬間以為妮娜離開房間來找大門了。不過，那女孩比妮娜大了幾歲，同樣留著一頭烏黑的長髮，也擁有一雙明亮的紅銅色眼睛。她的表情和妮娜當初一樣困惑不解，彷彿迷了路，怎麼也想不起發生了什麼事。芭芭替她裹上披巾，領她到桌邊坐下並倒了一杯克瓦斯給她。

「孩子，妳已經死了。」芭芭語氣明快地說。我驚訝地回頭望向芭芭，因為她說的是亡者的語言，我卻聽懂了每一個字。「妳到這裡來是為了頌揚這一生，並帶著喜樂離開人世，踏上長長的旅程，回到天上的星星那裡去找尋妳原本的歸屬。」

女孩盯著芭芭和她那充滿感染力的笑容，不太有把握地確認：「我死了？」

「是的，妳在人世的時間已經結束，該準備展開亡者的旅程了。這會是段充滿挑戰的美好旅程，不過在出發前我們可以一起為妳的人生和回憶慶祝一番。妳想要來點羅宋湯嗎？瑪琳卡，可以請妳幫我們的客人盛一點羅宋湯嗎？孩子，妳叫什麼名字？」

「我叫賽琳娜，我生病了。」她瞇起雙眼努力回想。「就像我媽媽和妹妹一樣。」

勺子從我的手中滑落。她的聲音聽起來簡直跟妮娜一模一樣。

「妳有幾個妹妹？」芭芭問道。

「五個。謝謝妳。」她從我手中接過碗，嗅了嗅冒著白煙的紅色湯汁。「我們住在沙漠邊，我爸爸在家裡周圍種滿了夾竹桃。」

她是妮娜的姊姊，絕對錯不了。我瞄向我的房門，正好看到門把微微轉動，房門緩緩敞開一道縫隙。我趕緊跑上前去鑽入門內，將妮娜往後推，她則睜著一雙困惑的大眼睛看著我。

「我好像聽見我姊姊的聲音。」

「不是。」我用力搖著頭說：「那是我奶奶的朋友。妳得留在這裡面才行。」

「但跟她的聲音好像。」她傾身向前，彷彿有條看不到的線正把她往門口拉。

「那不是她。」我斷然說道，然後深吸一口氣，竭力讓自己心平氣和地說：「妮娜，拜託妳留在這裡。」我注意到傑克正沿著床架走動，趕忙加了一句：「幫我看著傑克，我馬上就拿食物來讓妳餵牠。」

妮娜不太情願地點點頭，視線仍然停留在門上。

我不禁追問：「妳保證？這真的很重要。」

妮娜將目光轉向我，嘆了口氣後說：「我保證。」

關上房門後我直奔芭芭身邊，無視她正在和一個女亡靈說話，逕自將她拖到一旁，壓低音量匆匆地說：「我想要負責引導賽琳娜通過大門。」

芭芭訝異地看著我說：「太好了，不過大門還沒打開。」

我望向聚集在屋裡的亡靈後方，大門總是出現在屋子的那個角落。看著那裡什麼也沒有，我不禁無奈地悶哼一聲。

「如果妳真的想幫忙，那麼第一步就是要傾聽。」芭芭朝向賽琳娜坐著的地方努努嘴，一邊優雅地咬了一口恰克恰克[12]。「去聽她訴說她在這世界上創造的回憶和度過的時光。唯有當她了解自己從這段生命中獲得了什麼並完成她的告別，才表示她已經做好通過大門的準備。」

我的眉毛垮了下來。為什麼引導亡靈要弄得這麼複雜？我難道不能唸完咒文就把她送上路嗎？

「去吧！」芭芭將我推向賽琳娜。「很簡單的，妳只要問問她過去的生活，然後聽她怎麼說就好了——真心地聆聽。」

我慢慢靠近賽琳娜身邊，露出不自在的笑容開口說：「哈囉，我叫瑪琳卡。」

「我是賽琳娜。」她也掛上一抹微笑，那樣子實在和妮娜太像，讓我覺得我們彷彿已經認識彼此。

「那個……」我努力思考該怎麼開啟話題，內心暗自希望這段對話不會持續太久。我一心只希望賽琳娜能夠趕快通過大門，這樣妮娜才不會聽見她的聲音或出來找她。「妳住在沙漠邊？」

「沒錯。」賽琳娜開始訴說她的故事，然後一件神奇的事發生了。在她告訴我她住的房子和她家人的事時（這些妮娜都和我說過了），我們此刻所在的房子、圍繞在餐桌和壁爐邊的亡靈都漸漸消失了，直到我幾乎看不見為止。我猶如整個人瞬間移動到了賽琳娜家的花園，可以感覺到腳下踩著沙土地，嗅到撲鼻的花香，甚至還能聽見枝葉後傳來吱吱喳喳的鳥鳴聲。

然後，我開始感受到她的情緒。我在她追逐金鳳蝶時跟著心跳加速，在她的妹

⑫恰克恰克：即炸麵球，起鍋淋上熱蜂蜜後，靜置冷卻即成。

妹們出生時跟著欣喜若狂，而當她媽媽去世時，我必須咬緊牙關才能忍住不哭出來。我心想，芭芭說亡靈的生命會豐富我的生命，難道就是這個意思嗎？如果真是這樣，那我一點都不喜歡。在自己腦中體驗別人的回憶和感受，這感覺真是太嚇人了。

「是時候了。」芭芭碰了碰我的手肘，房子和周遭的一切頓時又重新聚焦回來。此時，大門已經開啟，屋裡的一切都朝著門的方向傾斜，而在門後那片漆黑之中極其遙遠的地方，有著幾乎難以覺察的銀河和斑斕的星雲。

「回歸星辰之前妳要帶走什麼？」芭芭詢問賽琳娜。

「我家和家人給予我的愛。」她沒有絲毫猶豫，而她的回答讓我忍不住拍手，因為一起回顧她的人生後，我最終留下的印象也是如此。

芭芭輕吻賽琳娜的雙頰，然後朝我點頭示意。

我知道我得怎麼做。我引導賽琳娜走向大門，而同時送行亡者的咒文自然而然地自我口中傾瀉而出：「願妳擁有力量克服前方旅程的艱鉅，迎向正在呼喚妳的星辰。懷抱對此生的感恩，繼續前行。瞬間即是永恆，帶著世間的回憶還有妳家和家人給予的愛，因那是無價的寶藏。」賽琳娜抬腳跨過大門，緩緩飄向黑暗之中。「回歸星辰，重返祥和，偉大的循環已然終結。」

雲霧在我的頭頂翻騰，腳下深處則有波濤洶湧，遠方可見彩虹橫過光滑透亮的山脈。我感覺這個地方似曾相識，好像曾經來過，記憶非常鮮明但總是無法具體捕捉。我傾身靠向大門，心想它能幫我回憶，卻被芭芭一把拽了回來，而且力道之猛還讓我的關節發出喀答一聲。

「妳不能跨過那道門檻！」芭芭的眉頭緊鎖，眉宇間的皺紋變得更深了。「無論如何妳都不能走進大門。」

一陣刺骨的寒意竄過我的全身。我從沒見過芭芭這麼嚴肅的樣子，而且我感覺自己彷彿剛從什麼巨大的災難中獲救。不過，我並不清楚那背後的危險所在，不懂芭芭的反應何以如此劇烈，更不明白為何我靠近大門時會有那股奇怪的感受。

再幾分鐘就好

我坐在門廊前的階梯上望著一顆顆流星劃過深藍色夜空，疑惑其中一顆會不會是踏上旅程的賽琳娜。這時，前門咿呀一聲打開，芭芭緩步走了出來。她先遞給我兩只裝滿熱可可的馬克杯，然後抓住扶手，扶手配合地向下彎曲，階梯則向上升高，好讓她能輕鬆地走下來。

「要去幫妳拿個坐墊嗎？」我問。

「不要緊，這樣就好。」她挨著我在階梯上坐下，關節喀喀作響。「妳今晚做得很好，我真為妳感到驕傲。」她從我手中拿走一只馬克杯，笑著摸摸我的臉頰。我皺著眉頭別開臉去。我只是為了不讓妮娜找到賽琳娜才想引導她穿過大門，這根本沒什麼好驕傲的。

芭芭啜飲手中的熱可可，一邊眺望著眼前的沙漠。遠方的地平線上逐漸露出一道橘光，在起起伏伏的沙地上烙下光影的痕跡。我很慶幸芭芭沒再多說什麼，因為此時此刻的我腦中千頭萬緒，只要她再說一個字，我可能就會失去控制。過去我一點都不想引導亡靈，也覺得自己壓根辦不到。而我真正做到之後，心裡便忍不住想，這是否表示成為守護者是我這一輩子逃脫不了的宿命？

我再度試著想像成為守護者之後的人生，感覺過去那些關於朋友和未知未來的憧憬全都片片瓦解。在那筆直漫長的道路上，我將永遠困在這幢房子裡，每天晚上背負著亡者沉甸甸的記憶送他們上路，就這樣在不斷道別中度過一生。而倘若芭芭也跟著離開，我就得自己孤伶伶地扛著這個重擔了。這個念頭讓我覺得像被世界遺棄，有如夜晚的沙漠般淒涼。

「引導亡靈是件很累人的工作，妳應該去睡一下。」芭芭伸手摸摸我的頭，然後從我手中接過不知何時已經空了的杯子。

「我知道。再幾分鐘就好，等太陽升上來。」我知道芭芭在看我，但我現在沒辦法跟她四目交接。我不知道她能否從我們之間的靜默中讀出那些沒被說出口的話。在她以我為榮的同時，我卻對自己感到羞恥；在她以為我朝成為守護者的目標又邁進一步時，我卻從頭到尾都不想做這件事。我需要有一個不同的未來，一個我有能力去形塑和創造的未來，但我不知道該如何讓她明白這件事。

芭芭輕吻我的臉頰並祝我有個好夢，然後努力從階梯上站起身。一旁的扶手向下彎曲讓她攙扶，芭芭溫柔地拍了拍扶手低聲說：「謝啦，房子。」扶手重新伸直，協助芭芭順利爬上階梯回到屋內。

門關上的瞬間，我聽見我房間的窗戶傳來一陣扣扣聲，接著窗戶便應聲開啟。傑克拍打著翅膀飛到我腳邊，呱呱打了一聲招呼後，就用脖子磨蹭我的腳踝。牠這番撒嬌讓我的視線變得模糊，我感覺此刻的自己根本配不上牠的愛。

「去，去看看你能不能找到蠍子還是什麼的。」我輕輕將牠推開，牠則微微歪頭，用一雙明亮的灰色眼睛直視著我。「去啊！」我稍微加了一點力道，傑克一邊生氣地大叫，一邊鼓起胸前的羽毛走開，對我的怠慢表示不平。

我忍不住嘆氣，因為許多原因而對自己感到無比失望，包括對妮娜撒謊、出於自私的動機引導賽琳娜通過大門、沒能誠實告訴芭芭我的感受，還有現在無緣無故把氣出在傑克身上。

這時房子開始發出聲響，我坐著的階梯也跟著轉動。我的挫敗感轉為憤怒，忍不住大聲說：「又怎麼了？你現在想怎樣？」我雙手扶住地面試著保持平衡，同時地面則不斷旋轉，直到我剛好能清楚看見我房間的窗戶為止。

妮娜正坐在我房間的窗臺上，整個人彷彿已經融進黎明的天色之中，形體朦朧，我完全可以從她胸口透視我房內的油燈剪影。她看起來如此空洞、迷失而困惑，罪惡感讓我的腸胃扭絞成一團。

「我知道了，我會告訴她的。」我沉著臉怒聲對門廊階梯說，但話一出口我就後悔了。我的心跳加快，掌心冒汗。我不想讓妮娜知道我一直將事實瞞著她，也不希望她離開。

「我會告訴她的。」我又重複說了一次，同時有個計畫正在腦子裡快速成形。「前提是你得先帶我們去海邊。」

我話一說完，整幢房子便往沙地裡又下沉了一些，所有窗戶也全都關上。

「求求你。」我站起身，用額頭抵著前門旁長滿節瘤的木牆，但牆面冰冷，甚至為了避開我的觸碰而往後縮。我跺了一下腳，語氣堅定地說：「求求你，我從沒跟你要求過任何事，只要答應我讓她看看大海就好。我會告訴她真相，就算要親自引導她穿越大門也沒問題。只要可以先讓我帶她去看海。」

房子嘆了一口氣，然後彎身向前伸展雙腿。

「謝謝你。」我終於放下心中一塊大石，高興地笑了起來。「傑克！」我四下張望，發現牠正在籬笆附近挖洞，聽見我的呼喚甚至轉身背對我，繼續用牠的尖嘴和爪子不停挖掘沙地。「傑克，過來，我們要離開了。」

牠還是不理我。

我不禁翻了個白眼，只好對牠揮手說：「好啦，我很抱歉。」牠這才緩緩轉過身，慢悠悠地朝房子走過來，經過我身旁時還誇張地鼓起羽毛，但完全不看我一眼。

貯放骷髏的倉庫開啟，籬笆上的骨頭乒乒乓乓地飛回倉庫裡，接著房子便站起身開始行進。我努力伸長雙臂保持平衡，一路踉蹌地回到房間。「我們要去海邊啦！」這句話我幾乎是用唱的，因為太過興奮還拉高了嗓門。

妮娜不解地看著我，彷彿花了一點時間回想我是誰並試著理解我的話，然後她露出明亮的笑容問：「真的嗎？」

「真的！」我點點頭，大笑到臉部肌肉發疼。「我要讓妳親眼看看大海。」

海邊

我從未見過我們的房子在白天移動，也沒有體驗過房子行進間有朋友作伴的感覺。我們一路上歡笑不斷，失去重力般的感覺則讓我的大腦暈眩。我與房子間的承諾早被我拋到九霄雲外，遺留在那片沙漠之中。

妮娜和我坐在窗邊，看著一幕幕風景自我們眼前飛逝而過。房子躍過沙漠，在屋後揚起整片細沙，然後它翻越高聳的灰色山脈進入蒼翠的綠色山谷，小心翼翼地穿越叢林，最後在下午時分來到一彎閃閃發光的白色沙灘上。

房子在沙灘的一端落腳，距離前門沒幾步就是大海。它伸長兩條長腿，小心翼翼地將巨大的腳掌放進水裡，然後發出一聲滿足的嘆息。

一陣沁涼的微風從窗戶吹了進來，挾帶著海水和海洋生物刺鼻的氣味。妮娜兩眼發光，圓睜的雙眼映照出眼前的景象。

「我們可以去水邊嗎？」她迫不及待地問。

我點點頭說：「再一下下，我先去看看我奶奶。」

芭芭仍在熟睡，但我知道她很快就會起來，於是泡了加糖的紅茶，還切了一點麵包和柯巴薩⑬。我先拿了一些給妮娜，還額外帶了一點傑克的份當作賠罪，然後再去餵班傑喝奶。當我回到屋內時，芭芭正在門廊前凝望大海，一邊啜飲她的茶，花白的頭髮從頭巾底下露出，宛如一絲潔白的雲。

「妳說這兒是不是太美了？我沒料到醒來時會在這裡。」芭芭溫柔地輕拍扶手。「待在沙漠可能讓房子的腿太熱了，需要降點溫。」

我表示附和地點頭，思考著該怎麼讓芭芭回到屋裡，我和妮娜才能溜到外面。「妳今天要煮些什麼？」我開口問道。

「我想我們今天可以放個假。」芭芭邊說邊挽住我的手臂。「我們可以去游泳，躺在沙灘上發呆，然後在星空下就著營火煮飯，就我們兩個。」

「但還有亡靈！」我忍不住提高音量。「要引導他們才行！」

「每個人偶爾都需要放個假，只要我們不點燃骷髏頭，亡靈就會去找其他的雅嘎屋。不過一個晚上而已，不要緊的。」芭芭興奮地蹬腳跳起舞來。「我好幾年沒見過房子泡腳了，這一定是個象徵。走吧，我們去裸泳！」

「不行！我們必須引導亡靈，我……」我抓住閃過腦海的第一個理由，匆忙接口說：「我才第一次引導亡靈，我想確定再做一次我也辦得到。」

「妳當然辦得到，但妳看看這個地方。」芭芭敞開雙臂，像是獻禮一樣向我展示眼前的沙灘。「我想房子來這兒就是想慶祝妳第一次引導亡靈，所以我們就放一天假好好享受吧。」她揚眉露出微笑。

我垂頭望著地板說：「我只想要像平常一樣度過今天，妳為亡靈煮飯而我負責搭籬笆，我們一直都是這樣的。我不想要去游泳，也不想乾躺在沙灘上。」這些話讓我的嘴巴酸澀，因為這根本是天大的謊言——我想要去游泳，也想做日光浴，但我想一起做這些事的人是妮娜，不是芭芭。

「發生什麼事了？」芭芭柔聲問道。

「沒什麼。」我用冷淡的語氣說：「妳老是說我應該要引導亡靈，但現在我真的想做了，妳又覺得這樣不應該。」

原本還蹦蹦跳跳的芭芭停下動作，臉色暗了下來，瞬間從雀躍的樣子變回一個佝僂老婦。我的心臟像被掏空一樣，可能這就是無情的感覺吧，內心涼颼颼又空蕩蕩的。我甩開這種不快的感受，跺步走下門廊。

⓭柯巴薩：一種經過水煮或煙燻的香腸。

我無視眼前美麗的藍天、細軟的白沙和輕柔的波浪，逕自走向貯放骷髏的倉庫，把搭建籬笆要用到的骨頭拖出來。

「瑪琳卡？」芭芭的聲音從我身後傳來，但我沒有理她，只是自顧自地把骨頭插進沙子裡，雙手無法克制地顫抖。芭芭繼續說：「我不是故意要惹妳不開心，妳想要的話我們還是可以引導亡靈。」

我點了點頭，但卻不敢抬頭看她，只能繼續搭籬笆。

「那我就去做菜了。」她蹣跚地穿越門廊進屋，門在她身後關上。

一滴眼淚從我的眼眶滑落，我用沾滿沙子的手抹去臉頰上的淚水，然後告訴自己：我以後一定會補償芭芭的，我保證，改天我就能陪她了。不過今天不行，今天必須留給妮娜，我必須趕在她穿越大門永遠消失之前讓她看看大海，而這是最後的機會。

我抱著一把骨頭從我的房間窗戶前走過，輕聲要妮娜等我搭好籬笆，然後我們就能出發到外面探險了。一朵大大的笑容在她臉上漾開，她的雙眼映著陽光，閃爍興奮的光芒。這讓我稍稍減輕了一些罪惡感，而專心搭建骨頭籬笆的工作也讓我冷靜不少。我告訴自己這是一件對的事，我是在幫妮娜實現她最後的願望，芭芭也一定能理解的。

芭芭走到外頭問我要不要吃點東西，我回說不餓，她便表示要在黃昏之前小睡一下。她回到屋內吹起笛子，緩慢而憂傷的旋律流瀉而出，過了好一會兒才重新恢復寧靜。我又多等了半小時，確定芭芭已經熟睡後才偷偷帶著妮娜離開屋子。

我和妮娜沿著岸邊一直走，直到窗戶看不見我們，只看得到枝葉低垂的巨大棕櫚樹為止。妮娜踢掉腳上的涼鞋，踩進湧上沙灘的溫柔浪沫中。

「噢，這真是太棒了！」她一邊扭動腳趾一邊樂呵呵地笑著說。

我也笑了起來，能看到她這麼開心的樣子真是太好了。但一想到剛才芭芭因為我拒絕她的邀約而感到失望，我就無法甩開胸口那股難受的感覺。

「妳看！」另一波海浪襲來時妮娜尖聲驚呼，只見一隻隻小魚隨著海水被沖上岸來，在她的腳趾間游竄。我決定暫時將芭芭拋在腦後，於是脫掉鞋子和妮娜跳過一個又一個浪花，然後我們沿著海岸漫步，一起在沙灘上找尋閃爍的貝殼，觀察躲藏在無浪淺灘中的海洋生物。

妮娜從未見過海膽或海星。每次我找到什麼新鮮的玩意兒給她看時，她的雙眼都閃耀好奇的光芒，而她的快樂彷彿也穿透了我，使我感覺自己好像也是第一次看到這些東西一樣。然後，我們朝更深的海裡走去，直到我們把脖子泡在溫暖又輕柔的海水裡。

「太神奇了！」妮娜的笑容燦爛，容光煥發，一頭長髮和綠色的頭巾如海草般盤繞在她周圍。

「妳試著把腳抬起來看看。」我踢了一下腿，示範如何像浮木般仰面漂浮在水上。妮娜有樣學樣，我們就這樣並肩漂浮，望著明亮的藍天和不時出現又消失在我們視野內的海鳥。溫柔的波浪時而將我們托起又輕輕放下，海水在我的耳朵周圍拍打著，傳來大海的回音和妮娜心滿意足的嘆息。

「這麼多的水完全超乎我的想像。」妮娜翻身將臉埋入水中。「真的好鹹啊！」

「習慣就好囉。跟我來，記得張開眼睛。」我面向妮娜沉入水中，她也跟著我照做，在水裡接連眨了幾次眼睛，才終於對焦在我臉上並露出笑容。我用手比了比下方，然後朝海岸反方向的更深處游去。我帶妮娜去看高低起伏的海床和海床上毛茸茸的植物、沙地上快步行走的螃蟹，還有一束束天光照耀下自在優游的魚群。不知從哪兒突然竄出一隻章魚，留下一團墨汁後又快速地游走。

「那是章魚嗎？」我們重新浮上水面後妮娜問道。「我只有聽過章魚的故事，根本不曉得是不是真的有這種生物。我們可以跟著牠嗎？」

我們重新潛入水中試著跟上那隻章魚，不過牠的速度太快，所以最後我們變成互相追逐，在光影燦爛的大海中激起無數泡泡。我大笑到肚子發疼，鼻子和喉嚨因為嗆了太多海水而刺痛。

很快地我就開始打起寒顫。海水逐漸冷卻下來，波濤的起伏也變得更加劇烈，而我們離沙灘似乎越來越遠。我教妮娜如何順著波浪游回岸邊，然後我們就坐在大石頭後的沙地上享受最後一絲日光餘溫，順便晾乾身體。

當夕陽沉入沙灘後方的叢林深處，房子的影子便籠罩了我們，四周變得陰暗而寒冷。我渾身冷得起雞皮疙瘩，卻怎麼也不想回去。我知道房子一定會要我信守承諾，它會將妮娜帶到芭芭面前，然後強迫她穿越大門。我裹緊身上的披巾，並替妮娜攏了攏頭巾。

「我們走這邊。」我拉著她沿沙灘的另一個方向走去，離房子和大門越來越遠。

海岸線似乎沒有盡頭，一直延伸到夜幕之中。溼冷的寒風自海面襲來，一波波湧起的浪濤翻攪岸上的細沙，拍打在岸上碎成片片細白的泡沫。我數度懷疑自己在波浪中看見如海鰻般糾結扭動的生物，但妮娜說那是我的幻想。

這時，海平面上出現橘色的光，等我們再走近一些後，我發現那是一盞盞燈光經過海水倒映所折射出來的光芒。

「那一定是座城鎮或都市。」我試著推斷聚落的規模，好奇那裡住著多少人，是否也有市集、圖書館或劇院……

「我有點冷。」妮娜輕聲說。

我取下身上的披巾圍住她的肩膀，但披巾卻穿透她的身軀，直接掉在腳邊的沙地上。我不可置信地望著妮娜，此刻她的身影已經模糊到幾乎看不見了。儘管我一直意識到她正在消逝，但看到她這麼了無生氣的樣子還是讓我嚇了一跳。

妮娜環住自己的雙臂，直勾勾地盯著地上的披巾問：「我這是怎麼了？」她睜大雙眼，而我可以透過她的眼珠看見夜空中的點點星光。

「沒事的。」我急忙回答並伸手想拉她，但我馬上想起我碰不到她，只好默默垂下手。

我在風中打了個冷顫，叢林裡傳來無法辨識的叫聲。我到底在做什麼？就算我們真的到了那座鎮上又怎樣？現在已經入夜了，我應該要在家裡和芭芭、傑克跟班傑待在一起，但我卻把他們忘得一乾二淨，為的是什麼？妮娜已經死了，而且比之前消逝得更快。她屬於大門後的世界。我看著她，回想起班傑明曾說過和其他人在一起時也會感到孤單，這才明白儘管妮娜就在我身邊，我還是覺得孤身一人。

我回頭望向房子的方向。現在距離黃昏已經過了好幾個小時了，但芭芭還未點燃骷髏，否則就算有點距離也一定能看到光芒。風中依稀傳來烏哈的香氣，不過也可能只是大海的氣味而已。突然間，我迫切渴望回家，希望芭芭將我摟進懷中，希望能從腳底感受到屋子的脈動。

「我們該往那兒走嗎？」妮娜順著我的視線望去，本該看得見房子的地方現在只有一片漆黑。「我覺得我們好像該往那兒走。」她低頭看著自己幾乎變得透明的手，用顫抖的聲音又問了一次：「我究竟怎麼了？」

要說出這件事並不容易。我的喉頭一緊，低聲說：「妳死了。」而話一出口，我頓時感覺壓在肩上的重量不見了。

「喔。」她點了點頭，沒有我想像中的吃驚。

我低頭盯著自己的腳，把腳趾埋進沙裡。「對不起，我應該早點告訴妳的。」我一開口傾訴就無法停止，我告訴她關於房子、大門和引導亡靈的事，也說了她原本應該要歡慶這一生然後準備上路，但我卻因為想要她留下來和我做朋友而沒能幫她。我告訴她生活在一幢長了腳的屋子裡讓人多麼孤單，能見到的只有亡靈，而他們每晚都會離開。我不停向她道歉，但心裡的罪惡感並未因此減輕，聽見自己說出這些話甚至讓我的胸口更加緊繃，只好一直說下去，直到我再也無話可說，只能在月光中茫然自失地望著她。

「妳也死了嗎？」她問。

「沒有，當然沒有。」我搖搖頭。這時一陣大風襲來，冰冷的海水濺在我臉上，我嘴裡嚐到鹹鹹的海水味。

「那妳為什麼也在消失?」

事實與謊言

我不解地望著妮娜，然後低頭看自己的手，這才發現我的手指變成了半透明，可以直接看到底下的沙地和貝殼。我將手翻到手背又翻到手心，一次又一次。這不可能，我明明沒死又怎麼會消失？

我的呼吸變得短促，急忙想朝房子的方向跑，但腳下滑溜的沙子讓我感覺自己好像是以慢動作在行進。

千頭萬緒在我的腦海中浮現。我總是被禁止跨越籬笆，活著的人又總是如此溫暖，還有我傾身靠近大門時的那股熟悉感。我死了嗎？這有可能嗎？我想起我和班傑明一起爬進山屋時手上那種怪異的感覺，就跟現在一樣。我再度低頭看自己的手指，視線卻直接穿過，看見踩在地上的腳。我用力握拳讓指尖扎進掌心，不過什麼感覺也沒有。

我只覺得雙手又冰又麻，其他什麼也感受不到。這一定是月光造成的錯覺。我加倍用力握緊拳頭，總算能感覺到疼痛。這就是了！我怎麼會死掉呢？然而我的大腦依舊一片渾沌。肯定有什麼地方出錯了。

「快跟上，我們得趕快回去。」我一邊大喊，一邊沿著離海較近的地方跑，因為那裡的沙地溼硬，跑起來比較容易。我需要芭芭，她會知道這是怎麼一回事，然後她會讓一切恢復正常的。

「慢一點！」妮娜氣喘吁吁地在我身後大喊：「怎麼了嗎？」

我無法放慢速度，也無法說明這一切，只覺得頭暈目眩、視線模糊。我的雙頰滾燙潮溼，但我不知道那是因為淚水還是飛濺的海水。

我的心臟狂跳，脈搏劇烈地撞擊耳膜，同時一股怒意在我的體內升起。我意識到，無論這一切是什麼原因，芭芭一定有事瞞著我。

脈搏的鼓動聲越來越大，我感覺整個地面都在晃動。當我發現房子正從漆黑的夜色中快步向我們奔來時，忍不住鬆了一口氣。房子那雙巨大的腳在我面前緊急刹住，揚起一大片飛沙和浪花，然後房子傾身向前，像是想要直接將我一把抱起的樣子。

「瑪琳卡，我很擔心妳！」房子還沒降回地面芭芭就打開門，接著她看見了妮娜，臉上的表情從擔憂變成恍然大悟，最後露出失望的樣子。

我筆直地望著芭芭，然後舉起雙手大喊：「我消失了！我為什麼會消失？」有什麼東西從芭芭眼中一閃而過。我還來不及搞清楚那是悲傷還是愧疚，她就眨了眨眼說：「那個等等再說，先讓我看看這女孩兒！」她轉向妮娜，示意她走上階梯。「天哪，孩子，快進來屋裡。妳叫什麼名字？」

「我……」妮娜抿著嘴，眼眶盈滿淚水。「我不知道。」她看起來彷彿就要徹底消失，只剩下一襲幾近透明的綠色洋裝、猶如一縷黑影般的長髮，還有一雙茫然若失的大眼睛。

「瑪琳卡，她叫什麼名字？她在這兒多久了？」芭芭問。

「我為什麼會消失？」我使勁跺腳，用比剛剛更大的聲音怒吼著。「我死了嗎？」

芭芭的肩膀垮了下來。「先進來，我很快就會跟妳解釋。」她用身上的披巾裹住妮娜並領她進屋。房子已經開始為妮娜注入她踏上旅程所需的能量，她的形體變得比剛才清晰了一些。我再度查看我的手指，發現雙手已經變回原本的樣子，一握拳就能感覺到指甲扎入掌心。

門關了起來，而芭芭就這樣進屋子去了，絲毫沒有回答我的問題。她只在乎引導亡靈的事，那我呢？我難道沒有權利知道自己是誰、為何在這裡，又是為了什麼原因必須被困在這棟長了腳的蠢房子裡嗎？我狠狠踢了門廊的階梯一腳，因為踢得太大力，大拇指的指甲冒出血來。「啊——！」我忍不住仰頭對天空大吼。「我恨這房子！」

房子壓低身軀蹲伏在沙地上，然後在我跟前攤平門前階梯並敞開大門。我轉過身背對它，瞪視著眼前的一片汪洋。這太不公平了，芭芭應該要回答我的問題，解釋我為什麼會消失才對。淚水不爭氣地從我的眼角滑落。

傑克飛過來停在我的肩頭，一隻翅膀重重打在我耳朵上。「走開，你這隻笨鳥！」我大叫著推開傑克，但下一秒就慚愧地跪倒在地。這根本不是牠的錯。我用雙手摀住臉，希望暈眩的腦袋可以停止旋轉，一旁的傑克則把某個又溼又軟的東西塞進我手裡。

我攤開手，看著手心那顆被壓扁的魚餃，不禁笑了出來。只是這笑聲怪異，夾雜了太多我無法掌控的情緒。傑克歪著頭，銀色眼珠在月光中閃閃發亮，接著對我咯咯叫了起來。

「進來吧，我的普秋卡。」芭芭的影子蓋過我和傑克。我奮力站起身並抹乾淚水，一點都不想讓芭芭看見我在哭。無論她到底隱瞞了什麼，我都要她知道我有多生氣。

妮娜裹著芭芭的披巾坐在壁爐邊，手裡端著一碗烏哈，直盯著鍋爐底下的火舌，眼神閃爍著回憶的光芒。她的形體看起來更具體了些，但身軀邊緣依然像融進空氣中似的。我的腸胃糾結成一團，忍不住開口問：「她會沒事嗎？」

芭芭眉頭深鎖，將一件厚馬毛毯披在我肩上，然後領我到桌邊的位子坐下。她舀了一碗烏哈遞給我，白色的蒸氣在我們中間緩緩升起。「妳怎麼不告訴我她在這兒的事？」

我垂頭盯著湯碗，默不作聲地聳聳肩。

「妳知道引導亡靈是一項重責大任，我們的工作是要幫助這些靈魂完成生命的循環。人死後是不能繼續留在這世界的，否則他們會消逝不見並且永遠迷失，這妳也很清楚。」

我用湯匙舀起一塊泛白的魚肉，把它浸到湯裡再看著它浮起。我簡直不敢相信，芭芭還沒回答我的問題，竟然就開始滔滔不絕地講起道理。

「妳隱瞞這件事讓我很失望。」芭芭搖著頭說。

「那妳瞞著我的事又該怎麼說？」我忍不住大吼：「妳什麼時候才要告訴我我死了？」我瞪著她問，雙眼幾乎要噴出火來，同時卻又迫切渴望她能說我沒死。我需要她重新導正這一切。

坐在對面的芭芭嘆了口氣，張嘴像是要說些什麼，但一個字也沒說出口。她調整了一下姿勢後再度試著開口：「就算妳死了又怎麼樣？妳就是下一代守護者，我不是一直都這麼跟妳說嗎？」她十分僵硬地聳肩說道。

「這對我來說很重要啊。」隨著真相揭曉，我的淚水也跟著滾滾滑落。我死了。但怎麼會？我跟那些在夜裡飄到這屋子來的亡靈分明就不一樣。我搖搖頭，咕噥著說：「這沒道理，我明明感覺還活著、感覺如此真實，況且妳不是說靈魂死後不能在這世上逗留嗎？可是我還在這裡啊。」

「妳不一樣，妳是個雅嘎，是下一代守護者……」

「所有的雅嘎都死了嗎？」我出聲打斷她，皺著眉頭努力想搞懂這一切。「妳也死了嗎？」

「不，雅嘎沒有死，但生死對妳來說沒有不同。」芭芭擺擺手，彷彿我已經死了這件事根本沒什麼大不了。「妳在這幢屋子裡生活了這麼久，獲得了充沛的能量，因此看起來就像還活著一樣，所有活著的人能做的事妳也都能做，只要妳不離開這裡。」

「那我剛剛為什麼會消失？」我開口問道，儘管我心底其實已經有了答案。

「因為妳離開房子了。」芭芭的眼眶泛起淚光。「妳離房子越遠，就會越來越透明。妳只有在這裡才能存在，在這個生與死的交會之處。」

湯匙從我手中滑落。我沒辦法再繼續假裝進食了，此刻我只覺得頭暈想吐。我怎麼能永遠在這裡生活？要是我真的已經死了，要是我只能在這裡存在——只能在這間房子裡，那所有希望都只是泡影而已。今天早上的我至少對於擺脫自己的宿命還能懷抱一絲憧憬，如今我卻真的困在這裡了，困在這幢長了腳的房子裡，然後永無止境地遷徙，永永遠遠都別想交到任何朋友。

「這不公平！」我尖聲怒吼，聲音大到連自己的耳朵都覺得痛。「我不想在這裡生活，也不想成為守護者！」我渾身發燙，脖子的每一寸肌肉都無比緊繃。

芭芭的臉色黯淡，眼裡充滿悲傷。「妳不能改變妳的身分，瑪琳卡，這是妳的選擇。」

「我從沒做過這種選擇，這才不是我要的。我想要的只是一個平凡的生活、一棟平凡的房子和一個平凡的祖母。」脫口說出這些話的瞬間我就後悔了，但話已無法收回，我只能兀自盯著面前那碗烏哈，看它慢慢凝結成凍。

芭芭伸手握住我的手，然後開口說：「妳還在襁褓中就死了，是我引妳通過大門的。不過，妳自己回來了，妳的靈魂選擇留在這裡，和我跟這棟房子一起，所以妳注定要成為雅嘎。」

我靠向椅背，同時抬眼看著芭芭。我無法成為雅嘎。芭芭冷靜又充滿智慧，熱愛和亡靈共享生命時光，而且總是笑容可掬地又唱又跳，但我跟她不一樣，根本可以說是天差地遠的程度。一個念頭突然閃過我腦中，我頓時感覺全身血液都凍結了。

「妳不是我的親祖母，對吧？」

芭芭緊握著我的手說：「我就像真正的祖母一樣愛妳，甚至愛得更多。妳是我生命中最棒的禮物。」

我不可置信地張著嘴，想起芭芭曾對我說過我爸媽的故事，心裡的疑問接連冒出。「我不懂，妳不是跟我說過關於我爸媽的事嗎？那些都是騙人的嗎？」我忍不住提高音量，意識到自己已經無法分辨哪些是真、哪些是假了。「他們真的死了嗎？」

「沒錯，就像我跟妳說過的那樣，他們死於一場火災，只不過當時妳也跟他們在一起。」

一幢雅嘎屋在熊熊烈火中燃燒的景象浮現在我腦海。這個場景我想像過成千上百次，但這一回我不得不重新質疑所有的一切。「發生火災的是雅嘎屋嗎？」我質問芭芭，同時感覺整個屋子都在旋轉，而我的世界正在崩塌。

芭芭望著我們在桌面上交疊的手，默默地搖了搖頭。

「妳為什麼要編這個謊？」我抽回雙手，直盯著她問。

「我很抱歉，我並不是有意要說謊或隱瞞事實，只是……」她抬頭看向屋頂，彷彿想從那裡找到合適的字眼。「只是我太希望妳能成為我的孫女，所以在跟妳說妳爸媽的故事時不自覺地為他們加上雅嘎的身分，久而久之，要說出真相就越來越難了。」

「所以我爸媽都不是雅嘎？」

芭芭再度搖頭。我心裡不禁燃起一絲希望，因為這表示我根本沒有雅嘎的血統。然而我又馬上想到我已經死了，所以無論是不是雅嘎，我都注定只能困在這幢屋子裡。

「那些骨頭！」我沉著臉衝著芭芭大喊，想起我先前搭籬笆時，總天真地相信那是爸媽曾經做過的事。

「妳想要擁有屬於妳爸媽的東西，而且妳喜歡待在戶外。」芭芭充滿歉意地望著我說：「讓妳相信那些骨頭曾經屬於他們會令妳開心。」

「到底有什麼是真的？」我猛然站起身。此時此刻的我只想逃離這裡，但我內心還有好多疑問，而且我哪裡也去不了。我向後退到牆邊，身體倚著牆，雙腿止不住地顫抖。母親划著槳的畫面閃過我腦中，船身劃過倒映著星光的漆黑湖面。「那個坐船的故事……」我嗚咽著說：「全都是假的！」

「不，那不是假的。我曾經引導妳爸媽通過大門，所以他們的人生早就成為我的一部分。我告訴妳的那些故事都是真的，他們的確是在沉沒之都相遇，只有他們的房子是雅嘎屋的這部分是我加上去的。我希望我們成為家人，而且不只是我跟妳，還包括妳的父母親。我想是我的白日夢做大了，畢竟我向來都渴望能擁有自己的家庭。」

我望著芭芭，彷彿這才第一次看見真正的她。一直以來，我也都夢想著自己可以不只是雅嘎，夢想著能擁有自己的家，夢想著能在沒有腳的房子裡度過不一樣的人生。

「妳的爸媽愛妳勝過一切。」芭芭邊說邊用身上的披巾擦拭眼角的淚水。「他們最大的遺憾就是沒能看著妳長大。他們渴望妳能活下去的心是如此強烈，我在引導他們時全都感同身受，因此當妳回來時我的喜悅難以言喻。我知道我可以像他們一樣愛妳並且給妳一個新的生活，儘管那是屬於雅嘎的人生，而不是一般常人的生活。我很清楚這兩者不同，但妳若願意敞開心胸試試，說不定會很棒啊。有多少人能有機會住在充滿魔法的屋子裡環遊世界？」

芭芭話一說完，開滿白色小花的藤蔓便從屋頂上垂了下來，長長的藤蔓在我身旁交纏成一座鞦韆。我掙脫房子的好意重新坐回桌邊，然後開口說：「但我並不想成為雅嘎。」我感覺自己的心碎成了千萬片。

芭芭再度握住我的手，直視著我的眼睛說：「妳和這座房子密不可分，這座房子則與大門緊緊相連，而亡者需要有人引導。」

我移開視線，但芭芭依舊緊握著我的手，直到我再度將目光轉回她身上。「瑪琳卡，妳是個好孩子，我知道妳在乎這座房子就像這座房子在乎妳一樣，我也曉得妳會為了那些亡者做出正確的選擇。」一抹微笑浮現在芭芭的臉上。「不過，我也知道妳既聰明、固執而且性格剛烈，因此要是有人能真正領悟該如何成為一名雅嘎，甚至**超越**一名雅嘎，那個人非妳莫屬。」

「但妳怎麼……這話是什麼意思？」

「我們得引導她穿越大門。」芭芭朝妮娜的方向轉頭。「然後妳就會懂我的意思了。一切都會重回正軌，我很肯定。白晝的智慧更勝夜晚。」

「我們一定要現在送她離開嗎？不能等到明天晚上嗎？」我望向正愜意地坐在壁爐邊的妮娜問道。

芭芭搖搖頭。「她已經在這兒逗留太久了，來吧。」芭芭伸手拉我起身後接著說：「去幫忙她回想自己是誰。」

我上前和妮娜說話，用她的名字叫她，並且提起那幢坐落在沙漠邊緣的白色小屋，她父親挖掘的溝渠、栽種的樹苗，還有那些無花果、橘子樹，以及他為喜愛夾竹桃的妮娜母親所種植的夾竹桃樹。我還告訴妮娜關於她姊姊的事、她曾經養過的駱駝和她在花園裡找到的變色龍及眼鏡蛇。

隨著回憶一點一滴湧上，妮娜的眼神變得益發明亮。她想起祖父母來看她時從遙遠的地方帶來各種水果，和一只臉頰塗成粉紅色的小木頭玩偶，想起自己和父親一起栽種樹苗時卡在指縫的泥土，想起長得高大又茂盛的樹木，也想起和母親並肩坐看有著斑點翅膀和銀色眼睛的蟻蛉飛過黃昏暮色的景象。在她回顧過往的過程中，我都和她一起目睹並且感受了這一切。

妮娜快樂的記憶和我即將失去一個朋友的悲傷混雜在一起，讓我感覺像是有什麼東西哽在喉頭一樣。

大門開啟了，房裡所有東西都朝大門的方向傾斜，我急忙抓住椅子以免滑進去。這時，芭芭出現在妮娜身側問她：「妳要帶著什麼回歸天上的星辰？」

「培育生命的喜悅。」妮娜回答。

芭芭輕吻她的雙頰，接著便一邊唸誦送別亡靈的咒文，一邊領她朝大門走去。我望著邁步走向大門的她們感到困惑不已——芭芭為什麼不讓我唸誦咒文？

「我們帶著世間的回憶還有培育生命的喜悅。」芭芭回頭望向我，嘴角揚起一抹微笑，眼眶閃爍著淚水。我知道一定有哪裡出錯了。

「我得跟她一起走。」芭芭低聲說道。「我很抱歉。」

「什麼?不行!」我飛彈起身，推倒椅子又狠狠撞上桌腳。「妳說過我們絕對不能跨過大門的。」

「她在這裡待了太久，已經變得太虛弱了。我得幫她引路，帶她穿越山脈，甚至再走更遠一些……妳會沒事的，瑪琳卡。我對妳和這座屋子都有信心。」芭芭對我點了點頭後便跨步踩進一片漆黑之中，留下一句：「回歸星辰，重返祥和，偉大的循環已然終結。」

「不行!等等!」我一把推開擋在前方的桌子快步朝芭芭飛奔而去，但已經太遲了。大門瞬間關上，我就這樣被獨自留在門外。

下一任守護者

我靜靜坐在屋裡，緊盯著大門原本所在的位置，等待芭芭回來。她會回來的，她必須要。她絕不會將我孤伶伶地留在這裡。

房子嘆了一口氣，一陣氣流便從煙囪灌進來，吹熄了屋裡所有的蠟燭。壁爐裡的火苗依然殘留著一絲餘燼，在屋內投射出模糊的陰影。我爬上芭芭的椅子，將馬毛毯拉過來裹在身上。芭芭說白晝的智慧更勝夜晚，或許言下之意是說她天亮就會回來，然後一切都會重新好起來。

她沒有回來，什麼都沒有好起來。伴隨著早晨的到來，只有熾烈的陽光從天窗照亮了空曠無聲的房子。沒有人哼唱，沒有人高歌，更沒有人邁步跳舞，就連傑克和班傑都毫無聲息。

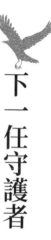

「傑克！」我放聲大喊，最後卻泣不成聲。傑克從天窗上探頭發出一聲尖銳的叫聲，我這才鬆了一口氣。我並不完全是孤單一個人。傑克每次都會回到這裡，芭芭想必也是一樣。

為了不讓房子顯得那麼空蕩蕩，我將班傑抱進屋內，然後開始打掃，確保芭芭回來時能看到一切井然有序的樣子。班傑在屋子裡到處滑跤，我則忙著收拾昨晚留下的食物杯碗並擦拭桌子，接著我想起芭芭回來時很可能會肚子餓，便升起爐火、捏了黑麵團，把麵團放在爐邊發酵膨脹。

芭芭依然沒有回來，於是我走到海邊找尋日後適合我們一起裸泳和做日光浴的好地點。我選定了一個有巨大棕櫚樹的地方，這樣芭芭就能在樹蔭下乘涼。她一定會喜歡待在有遮蔭的地方。我到處撿拾可以用來生營火的乾樹枝，一邊思考我們可以準備什麼料理。我們今晚要好好放個假，就像芭芭想要的那樣，就我們兩個一起共度美好的時光。一切都準備就緒了：食物和飲料、蠟燭和書本、毛毯以及芭芭的巴拉萊卡琴，她可以對著滿天星空盡情演奏和歌唱。

然而，就算我做好了萬全準備，芭芭依舊沒有回來。我的胃開始糾成一團。

太陽逐漸西沉的時候，傑克佇立在一顆骷髏頭上啼叫。對了！大門沒開的話芭芭是回不來的，而大門一向都在晚上才會開啟。我早該想到這點才對，一定是腦袋太不清楚了。我點燃骷髏頭裡的蠟燭，但拴上骨頭門上用腳骨做成的扣鍊。

夜晚降臨後，亡靈開始聚集在籬笆外，但我全然無視他們。芭芭不在的話我是不會引導亡靈的。

我在餐桌上擺滿芭芭的最愛，包括烤好的黑麵包、鹽奶油、切克斯起司⑭、辣根及克瓦斯，然後便坐著等待大門開啟讓芭芭歸來。班傑趴在我的地墊上睡著了，傑克則在屋梁上打瞌睡。

隨著夜色加深，我的胃翻攪得越厲害。屋外傳來亡靈們焦躁的腳步聲，不時夾雜著喃喃低語或不耐煩的悶哼聲。我將百葉窗放下並拉到最緊，但仍擋不住外面的聲音。這些聲音帶來了刺骨的寒意，因為那令我想起自己也是他們的一員。我也死了。準確來說，我根本沒有骨頭可以感受所謂刺骨的寒意。

我究竟是什麼？一個不願通過大門的迷失靈魂，僅能依賴這屋子的魔力才能像活人一樣存在著，或者該說是「幾乎」像活人一樣。如果我只有在這裡、在這屋子的周圍才能存在，這樣的生活又算什麼？

過往的片段一一浮現在我腦中。我記得小時候坐在芭芭腿上，依偎著她溫暖的肚子聽她說故事；記得我打扮成武士的模樣，和房子為我打造的樹枝大軍作戰；記得房子穿越滿是泥濘的溼地時，長著絨毛的柔軟藤蔓將屋頂上的我緊緊環住。房子總是在夜晚奔馳，任由各種景色颼颼飛逝。我曾經從房間窗戶看見紅鶴、鯨魚和北極熊，曾和亡靈一起隨著芭芭的手風琴旋律開心起舞，也曾聽著她用巴拉萊卡琴彈奏的催眠曲沉沉入睡。如果我在還是個嬰兒時通過大門，這些事就全都不會發生了。曾經擁有生活，無論如何都比沒有生活過來得好。

我凝望著爐火，沉甸甸的罪惡感壓迫著我。此時此刻，有好多好多我對芭芭說過的話都令我後悔莫及。我其實並不真的痛恨我的生活、我的死亡，不管那該叫做什麼。和芭芭一起在這座奇妙的房子裡長大一直都是件很棒的事，而我現在只希望她能回家，其他什麼都不重要。無論我是死是活，無論我是不是雅嘎，這一切我都不在乎，我只要她回來。

傑克降落在地板上，我在屋裡來回踱步時，牠在我身後用爪子發出喀喀喀的聲音。「噓——！」我作勢要牠噤聲，一面努力思索該怎麼辦。然後我停下腳步，盯著大門固定會出現的地方，煞有介事地大喊：「大門！開啟！」然而什麼事也沒發生。

我儘可能以最字正腔圓的方式大聲唸誦送行亡者的咒文，隨機變換的部分則用了妮娜所說的「培育生命的喜悅」，畢竟那是大門最後一次開啟時用過的咒文。我這

⓮切克斯起司：一種味道清淡的軟質起司。

才意識到這句話也很適合描述芭芭的人生——即使她培育的是死亡的靈魂而非活著的生命，但這件事確實為她帶來了喜樂。再說，她總是強調，生死之間並無區別。

然而這些咒文並未使大門開啟。「房子！把門打開！」我仰頭對著屋脊下令，但依舊什麼事也沒發生。我氣到跺腳，轉身癱坐在芭芭的椅子上。

傑克拍起翅膀，我以為牠要飛到我肩膀上，趕緊雙手抱頭以免被牠打到。不過牠只是從我頭頂飛過，接著有樣軟綿綿的東西掉落在我手臂上。

我在腿上把那東西攤開，發現原來是芭芭的頭巾——有骷髏和花朵圖樣的那一條。頭巾上還留有芭芭的味道，混雜著薰衣草水、麵團、羅宋湯和克瓦斯的氣味。我把那條頭巾圍在身上，繼續望著爐火等待。她一定會回來的，只是得多花點時間而已，天曉得那些山脈有多高、通往星辰的道路又有多長。她會儘可能陪著妮娜多走一點路，然後就會回到這裡。一切都會沒事的。

恍惚間，我聽見一陣輕輕的敲門聲。我不確定自己盯著爐火看了多久，但此刻火苗已經幾乎熄滅，屋裡變得有點冷。月光透過天窗照了進來，在傑克身上反射出淡淡的銀光。傑克睜開眼，豎起羽毛歪頭看著前門。我順著牠的視線望去，發現有對形體飄渺的夫婦站在門口，不禁怒目瞪著屋梁。房子根本無權放他們穿越圍籬。

「妳好？」老先生用顫抖的聲音問：「我們可以進去嗎？我太太累了。」

我皺著眉努力想聽清楚他在說什麼，因為他說的是亡者的語言，我幾乎聽不懂。他的妻子佝僂著背緊緊抓著他，脊椎弓起猶如牧羊人的棍杖，而且她似乎無法抬起頭，必須依靠著老先生才能勉強站立。我無法讓他們這樣離開，只好心不甘情不願地點點頭。

他們走到桌邊，老先生攙扶著他太太坐下。我心想，既然他們都到這裡了，我只好引導他們離開。靠我自己一個人。我頓時感到一陣緊張，於是轉身對著幾乎要熄滅的爐火，一邊撥弄芭芭的頭巾，仔細將頭巾折成小三角形。我感到惱怒，因為這對老夫婦侵犯了我的空間，而且我還得引導他們。負責做這件事的芭芭不在這裡也令我生氣，畢竟她才是大門的守護者，不是我。

「需要我幫妳燒旺爐火嗎？」老先生將帽子拿在手中，臉上掛著溫暖的笑容問道。

「不用了，我來就好。」我往壁爐裡扔了一把木柴，微弱的餘燼便重新劈啪燃燒了起來。「要吃東西的話自己來。」我補了一句，對自己方才無禮的反應感到有些愧疚，芭芭要是知道的話一定會很失望。

「太謝謝妳了。」老先生伸手拿起麵包，幫自己和太太切了一些薄麵包片。「外頭還有很多亡靈。」他邊說邊瞄了前門一眼。

我輕輕走到門邊，然後用腳把門關上，無視房子發出咿咿呀呀的抗議聲。「你們知道自己死了？」我走到桌邊坐下，好奇地詢問坐在對面的老先生，因為亡者通常都要等到芭芭告訴他們，才會知道自己現在處於什麼狀態。

「是的，我們都等了一段時間了。」他伸手握住妻子的手。「我很高興我們能一起走向下一段旅程。」

我現在可以清楚聽懂他的話了。前一秒聽起來還十分怪異的亡者語言，下一秒突然變得可以理解了。我不禁納悶這是否和傾聽的方式有關，就像芭芭老是強調的那樣，又或者是要看聽的人有沒有心想要理解。此刻的我真心想了解這位老先生說的話，儘管最大的原因可能是因為這能讓我暫時不去想芭芭不在這裡的事。我替老先生和他的太太倒了一杯克瓦斯。

「我們結婚至今已經七十一個年頭了。」老先生驕傲地說。

「哇！」我根本無法想像那麼漫長的歲月是什麼感覺。

他溫柔地望著妻子說：「我們的父母是鄰居，所以我們這輩子都在一起度過。」

老太太笑著說：「我們從小就玩在一塊兒。」

他們向我訴說彼此共度的時光。還在學校讀書時，他們就坐在隔壁，從學校畢業後兩人便結為夫妻，一起經營製作陶具的生意。他們告訴我，他們每年假期都會一起搭船遊河，還有他們一直想要有小孩，卻始終沒能成真。一滴淚水從老太太的眼眶滑落，老先生伸手環住她，並從口袋掏出手帕替她擦拭眼淚。我感受到他們內心深處因為長時間渴望某樣東西而累積的強烈失落感。這讓我想起芭芭，還有她因為想要擁有自己的家人而編織的無數謊言。我真希望芭芭也在這裡，這樣我就能告訴她我現在懂了，我原諒她了，而且無論發生什麼事，她永永遠遠都會是我的祖母。

老先生繼續訴說他和妻子教導孩子們將陶土丟擲到轉盤上，還有姪女們每年夏天都會來作客的事。他們夫妻倆互相接口說完對方沒說完的話，同時緊握著彼此的手。老先生向妻子眨眨眼，雙眼閃爍著舞動的光芒。

我沉浸在他們的故事裡，彷彿身在滿是手工陶器和裝飾品的屋裡，嗅得到茶葉、陶土和釉料的氣味，還能聽到正在上課的孩子們發出陣陣笑聲。數十年的回憶飛逝，速度快得令我感覺七十一年的歲月並不如我所想的那般漫長，一直到老先生站起來並攙扶他的妻子起身，我才注意到大門不知何時已經打開了。他們夫妻倆步履蹣跚地走到門前。

「你們要帶著什麼回歸星辰？」我猛然想起我的角色，趕緊斟上拐杖酒問道。

「伴侶同行的溫暖。」老太太露出微笑，老先生在一旁點頭表示贊同。他們喝下拐杖酒，輕吻我的雙頰，然後便牽著彼此的手走進大門。

送行亡者的咒文從我口中流瀉而出，護送他們進入門後的黑暗世界。「願你們擁有力量克服前方旅程的艱鉅，迎向正在呼喚你們的星辰。懷抱對此生的感恩，繼續前行。瞬間即是永恆，帶著世間的回憶還有伴侶同行的溫暖，因那是無價的寶藏。回歸星辰，重返祥和，偉大的循環已然終結。」

我的視線緊緊跟隨他們，四下尋覓芭芭的身影，一邊試著看清底下無聲翻湧的浪濤，一邊努力聚焦在遠方山脈模糊的輪廓上。眼前的光影如螢火蟲般搖曳閃現，有一股力量不斷牽引著我向前。

「芭芭！」我放聲大喊。儘管我的喉嚨感覺到震動，卻沒有發出絲毫聲音。黑暗吞噬了我的聲音。我探身向大門內張望，看見四周空間滿布星辰，延伸到看不見的遠方。芭芭就在那裡的某處。要是我踏進去，就能找到她並且帶她回家，然後一切就會重回正軌。

我深吸一口氣，挺直身子，接著冷靜地邁步走進大門。

痛苦的碎裂聲

砰！

某個巨大又沉重的東西刷過我的臉，然後落在我腳下。我向後跳開，低頭看著從天花板掉下來的屋梁，再重新抬頭望向大門。

但大門已經不見了。

「房子！」我扯開嗓門大喊：「我要去帶芭芭回家，快重新把門打開。」

房子左右搖晃。

「求求你？」我不死心地繼續說：「我自己一個人沒有辦法。」我用手摀住臉，想到那對老夫妻、妮娜和賽琳娜，只覺得負擔無比沉重。「我無法成為守護者，我得找到芭芭。」

兩條巨大的藤蔓甩過大門原本所在的地方，形成一個大叉。怕我看不懂，幾根較細的卷鬚還在大叉中間以潦草的字跡組成一個「不」字。

我全身僵直，呼吸困難。這座房子再度控制了我的人生，不讓我去想去的地方，也不讓我和我想要的人待在一起。我奪門而出，想要獲得一點新鮮空氣和個人空間，沒想到面對的卻是亡靈們。

許許多多亡靈聚集在骷髏籬笆外，他們困惑的臉在我步出屋外時全都轉向我，渴望尋求解脫。不過，我選擇無視他們，沿著籬笆吹熄骷髏蠟燭，而每吹熄一根蠟燭，就有一些亡靈離去。我感覺到我身後的房子變得萎靡消沉，它的失望充斥在夜晚的空氣之中。

「又不是我不引導他們，是你自己把大門關上的。」我嘀咕。

一個身形纖弱的老婦人朝我走來，但我在她開口前便說：「我幫不上忙。」然後吹熄了我們中間的蠟燭。空氣中傳來一陣碎裂聲，我轉頭望向房子，卻看不到聲音是從哪裡發出來的。

我又吹熄一根蠟燭，更多亡靈隨之離去，然後又傳來一陣碎裂聲。我緩緩走向最後一根蠟燭，雙手不自覺地顫抖。當燭火熄滅時，我終於看見了——房子的牆面出現了一道裂痕，就在靠近骷髏倉庫的地方。我皺著眉頭走上前去。房子以前從未出現過裂縫，我不懂怎麼會這樣。我伸手碰觸那面牆，只覺得木板又乾又脆。

「你怎麼了？」我低聲問道，但房子沒有回應，一反常態地靜止且沉默。一股寒意竄過我的四肢，我連忙跑回屋裡，把木柴堆放到壁爐內，直到再也塞不下為止，然後就坐在芭芭的椅子邊緣，皺著眉頭凝視火堆。傑克將一片溼軟的麵包塞進我的襪子裡，我把牠抱入懷中，卻還是無法抑制地感到孤單。

我需要芭芭。她一定會知道該怎麼修補那道裂縫，也會樂於引導所有前來的亡靈，她應該要在這裡才對。

如果房子不讓我穿越大門，我就得想其他辦法帶芭芭回家。我站起來開始整理餐桌。就在我把剩餘的食物收到食品貯藏室時，我想到了一個法子。

我翻找並檢查各個瓶罐，嘴角揚起一抹細微的笑意。有些東西已經所剩不多了，像是燕麥和麵粉、魚肉和水果罐頭、辣椒粉和油、茶和糖等等，至於房子利用氣流通過潮溼的苔蘚來保持陰涼的冷菜貯放區則幾乎空空如也。我從圍裙口袋中掏出紙和鉛筆，開始列下清單。

「你看！」我得意洋洋地朝著屋梁揮舞手中的紙張說：「我們得去一趟市集。」

房子往沙地下沉了一些。

我妥協地說：「是可以不用這麼急沒錯，但要是補足這些東西的話一定大有幫助，畢竟有些東西真的很重要。」就在這時，剛醒過來的班傑開始在一旁大聲咩咩叫。「好比奶粉就是！有了班傑之後奶粉消耗的速度變得很快，而且我不像芭芭那麼會料理，所以也需要更多罐頭食品和現成的醬料。」

房子不置可否地低吟一聲並調整姿勢。

「拜託！」我試著跟它交換條件：「只要帶我去市集，我就會準備一桌豐盛的料理，引導一大批亡靈，也不會再進入大門了。」

煙囪發出一聲冷哼，在空氣中揚起陣陣飛灰。房子根本不相信我的話。

「聽著，我很抱歉。」我一手扶著牆，深呼吸後才又開口：「所有的一切我都很抱歉。我知道我很自私，我應該要早點引導妮娜的。」我的聲音變得破碎而顫抖，使我意識到自己內心**真的感到**慚愧。我倚著牆，癱坐在地上：「這一切都是我的錯。芭芭說過引導亡靈是一項重責大任，但我沒聽她的話，而現在芭芭因為我而到了大門另一邊，所以我必須把她帶回來，將一切重新導回正軌。但我不知道該怎麼做，也許其他雅嘎能幫我的忙。求求你。」我再度試著央求：「拜託帶我去市集，讓我找人一起帶芭芭回家。」

藍色的小花從我抵著牆的指縫間冒出來，輕輕摩娑我的皮膚。我不太確定這代表什麼意思，但我決定往好的一面想，於是站起身問：「現在嗎？我們現在可以出發嗎？拜託。」

房子傾向一邊，我聽到房子的腿從水裡抬起時發出了細微的水波聲。

「謝謝你。」我對著屋梁露出微笑，希望與興奮之情在我心中咕嘟咕嘟地冒泡。我們已經有好幾個月沒去市集了，那是以活人為主的真正市集，也是芭芭口中那個「原生之地」最大的地方街市。所有的雅嘎都會去那裡採購補給品，而那個地方總是熙熙攘攘，一條又一條的街上滿是商販和採買的人潮，全都忙於討價還價和買賣交易，根本沒人會注意到有幢長了腳的房子偷偷摸摸地移動到市集邊緣。

市集上有一處攤販，專門販售給亡者的拐杖酒，攤販後有一座已經退役、不再到處環遊世界的雅嘎屋，裡頭住著一名屬於遠古長老世代的年邁雅嘎。我很確定，她一定知道該如何將芭芭帶回這個世界。

籬笆的骨頭匡啷匡啷地回到倉庫，受到驚嚇的班傑腳步踉蹌地跑過來，我一俯身牠便跳進我懷裡，而同時傑克則降落在我肩上。我帶著牠們走到窗邊，在房子移動時觀望窗外的風景。

我的心情隨著地板升起而雀躍，屋子緩慢而長距離的步伐則逐漸變成輕快的躍步。房子沿著海岸向北前進，儘管這裡發生的所有事都讓我揪心想哭，但是當我回頭遙望和妮娜一起游泳的那片沙灘時，想起妮娜乘著海浪放聲大笑的樣子，還是讓我忍不住微笑。

漸漸地，窗外的風景由沙灘轉為岩岸和陡峭的岩壁，終於地平線那端出現了我絕不可能看錯的城市光芒。海面上隱約看得見巨大的船隻陰影，船身倒映著點點斑斕的燈光，港口的味道迎風襲來，摻雜著海草、魚腥味和人的氣息——活生生的、真實的人。

市集的位置就在城鎮的邊緣，從遠處看來猶如被陸地包圍的內海，攤子上頭的頂篷便是一波波湧起的海浪。房子放慢速度，悠閒地盤旋靠近，直到找到一處僻靜的地點才彎下雙腿，緩緩坐在地上。

我知道自己絕對睡不著，傑克似乎也跟我一樣興奮。牠從窗框底部的縫隙鑽了出去，架勢十足地張開翅膀飛進夜色之中。我很確定賣拐杖酒的攤販還在營業，因為芭芭曾經在夜晚的各個時段造訪經營拐杖酒生意的老雅嘎。我繫上芭芭的頭巾並在下巴的地方打個結，圍上披肩，深吸一口混雜著各種氣味的空氣後，便獨自邁步走出家門。

老雅嘎

我知道那棟退役的房子和老雅嘎的攤位就在市集外圍的某處，於是我從那些臨時形成的街市邊緣繞行，期間每隔幾分鐘就低頭檢查雙手，確認自己的形體並未消失。周遭一片靜謐祥和，但空氣中流竄著電流，彷彿整個市集正屏息等候人們甦醒。

一旦找到芭芭，我們就能在人多的時候一起逛街了。她可以拿東西去交換舊樂器和罐頭食品，我則可以看看衣服和二手書，而且我不會再沉浸在自己的白日夢中，一定會牽著她的手用心度過每一個當下。我絕不會再重蹈覆轍了。

突然一陣溼冷的空氣打斷了我的思緒，只見攤子原本該在的地方一片潮溼。我跨過一攤反射光芒的小水坑，抬頭向上張望。

「妳看到了什麼？」突如其來的聲音把我嚇了一跳。我瞇起眼睛，朝黑暗中聲音的方向望去。一根又長又彎的菸斗冷不防冒了出來，指著地上的水坑。「妳看到了什麼？」那個聲音又問了一次，這時我才意識到那聲音說的是亡者的語言，頓時安心了不少。對方是個雅嘎！

我不解地望著那個水坑，但怎麼看那都只是一個水坑。「水？」我對自己的答案毫無把握。

那隻握著菸斗的手後面現出一張臉——深色的皮膚、刻滿深邃皺紋的面龐，還有一雙倒映著月光的眼睛。她就是那位經營拐杖酒生意的老雅嘎。看到她那熟悉的面孔，加上她能協助我將芭芭帶回家，讓某部分的我很想衝上前去擁抱她，但實際上我只是呆杵在原地，腦中同時充滿希望與懷疑的念頭。

老雅嘎發出一聲竊笑，我蹙起眉頭，想不透這答案有什麼好笑的地方。她吸了一口菸斗，緩緩吐出一團嗆人的雲霧，我只能在一旁憋氣直到煙霧散去。「很高興見到妳，瑪琳卡。進來吧！」她領著我穿越厚重的門簾、用骷髏裝飾的桌子及擺滿拐杖酒瓶的架子，來到攤子後方，而那幢退役雅嘎屋長滿節瘤的前門就藏在那裡。

木頭做的門板上有一幅畫，畫上有一瓶拐杖酒，酒的周圍則環繞著亡靈的浮雕。大部分的人看到這幅畫，多半會以為那些浮雕描繪的是活人，但我看出了他們茫然的神情；而且即便只有簡單的線條，我也能看出他們模糊的身軀邊緣。

這時，門緩緩向外敞開，從門縫可以看見和我們家相仿的客廳。壁爐裡的火苗旺盛，空氣中瀰漫著羅宋湯的氣味，唯一不同的只有芭芭習慣放置樂器的角落，在這裡卻堆滿晶亮的銅鍋和菸斗，還有許多舊書報散落在地上，一旁的書架看起來隨時都會垮掉的樣子。

老雅嘎拉了一張椅子讓我坐下，舀了一碗湯遞給我，接著便開口說：「妳來是因為妳的芭芭穿過了大門。」

「妳怎麼知道？」我歪頭看她。儘管眼前這位老雅嘎年紀很大，遠比芭芭還要年邁許多，卻有著一頭如黑夜般烏黑茂密的頭髮，只有幾綹白髮摻雜其中，像是點綴夜色的星辰。她站得又直又挺，渾身散發出毫不遲疑的感覺，令我神經緊繃。

「我能聽懂從大門另一邊傳來的漣漪聲。」老雅嘎坐在我對面，腰桿筆直，眼神銳利。「她的時間應該還沒到，我是這麼想的。」

「沒錯。」我垂下頭，翻攪著面前的羅宋湯。「她是為了引導一個亡靈回歸星辰才會穿過大門，所以她會回來的，對吧？」我屏住呼吸，等候老雅嘎的回答。

「關於雅嘎從大門後回來的故事，我至今只聽過一次。」老雅嘎傾身靠上前問：「妳聽過那個故事嗎？」

我搖搖頭。老雅嘎大步走到書架前，抽出一本有著皮革外皮的檔案，然後在鬆脫的書頁間不斷翻找。

「應該在這裡面才對。我打算把這故事放進下一冊《雅嘎傳奇》裡。妳讀過《雅嘎傳奇》嗎?」

「噢,讀過了。」我點點頭,想起那些在拂曉之際聽過的枕邊故事。「小時候,芭芭會唸給我聽。」

「我約莫每十年就會發一冊新的給所有雅嘎,但這一次遲了幾年,畢竟要找時間印製上千冊的書並不容易。」

「上千冊啊。」我喃喃自語,全然不曉得原來外面有這麼多雅嘎。我只有幾次在市集上匆匆瞥見過一兩個雅嘎,而現在我得知原來還有這麼多雅嘎,瞬間感到有些安慰,也不禁開始想像他們會是什麼樣的人。不過,我很快就甩開這些念頭。想這些是沒有意義的,因為我根本不會認識他們,他們全都過著孤獨而神祕的生活——就像我一樣。

老雅嘎回到桌邊時,手裡拿著一些泛黃的紙張。她說:「找到了。妳要讀讀看嗎?」

我看了看紙上那些華麗的手寫字,搖搖頭說:「那是用亡者的語言寫的。」

「那有什麼問題嗎?妳今晚一直表現得很好,比我上次見到妳時進步多了。」

我感到臉頰一陣灼熱。我跟芭芭造訪時,她跟老雅嘎總是以亡者的語言溝通,所以我從未專心參與過她們的對話。現在回頭想想,我真應該再努力表現得禮貌一些才對。我再次看著紙上那些字，然後緩緩開始朗讀。

「不願被引導的嬰孩。

從前，在林木高聳、夏日漫長的那段日子裡，有個嬰孩乘著向東的微風來到大門前。她有著一頭紅髮和明亮的笑容，性格則像困在罐子裡的蜜蜂一樣，浮躁又缺乏耐性。」

我睜大眼睛，忍不住加快閱讀的速度。

「迎接她的雅嘎餵了她一匙山羊奶，然後用一條馬毛毯子裹住她，輕聲吟唱催眠曲以安撫她躁動不安的靈魂。當那嬰孩終於平靜下來並沉入夢鄉，雅嘎便輕吻她的雙頰，依照職責和慣例將孩子送往大門另一邊。

然而，那孩子卻飄了回來。

於是雅嘎又餵了她一匙李子醬，並取下自己的頭巾裹住她，一邊吟唱起古老的歌謠。當孩子再度沉沉睡去，雅嘎便親吻她的雙頰，送她通往大門的另一邊。

然而，那孩子又飄了回來。

若不回到天上的星辰，亡者的靈魂將會逐漸消失不見，知道這點的雅嘎深怕那嬰孩也會如此，於是深深吸了一口氣，然後抱緊懷裡的孩子，鼓起勇氣跨進大門。

不像沒有重量的亡靈，步入大門後便會飄向星辰，雅嘎跌入了墨黑的海洋，只能用四肢奮力抵禦冰冷的浪濤，直到肌肉因疲累而扭曲。在這段過程中，她始終不曾鬆開懷中的嬰兒，最後終於游到光亮如鏡的山腳下。

她可以感覺到那嬰兒不斷想回到活人的世界，因此將孩子摟得更緊，靠著牙齒和指甲的輔助攀上陡峭的山壁，沉重的負擔使得她的手指和牙齒都彎曲變形。

不過，那孩子還是一直想回去活人的世界，於是雅嘎又將她抱得更緊，帶著她繼續往更遙遠的地方走，一路穿越宏偉的彩虹和以光年計算的無盡黑暗，來到漫天星辰的誕生之地。

吻別懷裡的嬰兒之後，雅嘎便送那孩子重返天上的星辰，也就是每個人最初的歸屬。此時此刻，筋疲力盡的雅嘎已經離開活人的世界太久，沒有把握自己能順利回家。

她舉步維艱，因為她的每一步都與自然法則下的偉大循環逆行。她必須抵禦太陽的熱風、流星的洗禮，還得對抗翻湧的積雲和深不可測的黑洞，只能在月光的陪伴下，勉強拖著疲憊的身軀朝家的方向前進。等到終於抵達大門時，她彷彿已經老了千歲，長時間處在什麼也沒有的黑暗之中也使她精神萎靡，但她內心仍然因為自己對那孩子盡了責任而覺得心滿意足。

就在她跨越門檻，回到活人的世界時，卻聽見身後傳來嬰兒的哭聲。她轉過身去，發現那個有著一頭紅髮的小女娃正抓著她的披肩，臉上掛著明亮的笑容。

雅嘎嘆了一口氣，深知此刻的自己已經太過衰老且疲憊，無法再次進入大門，也無法走完往返的路程，只好任由那個固執的孩子留下。她心想，要是這孩子不願被引導，她不妨好好將她撫養成一名雅嘎。雖然大部分的雅嘎都是天生的，但這孩子既回不了活人的世界，也去不了亡者的安息之地。」

讀完故事後，我放下手中的紙張，手指不住顫抖。「這是我的故事，對吧？講的是我還是個嬰兒時，芭芭試圖引導我的事情。」

「妳是個固執的小東西。」老雅嘎笑著說：「但我想這如意算盤打得還不錯。妳的芭芭一直將妳視如己出，而如今看來，妳似乎也成了一個稱職的雅嘎。我很遺憾她這麼早就離開，在這年紀就要獨自守護房子和大門是有些難為妳了，不過我相信妳會做得很好的。」

「不，不是這樣的。」我立即開口。「芭芭還會回來，這故事就是最好的證明。她以前成功過，這次也會一樣。」

老雅嘎一言不發，她的靜默像針一樣刺痛我的皮膚。

「她會回來的。」我努力用更有自信的口吻重複一遍，聲音卻忍不住顫抖。剛才讀過的某些字句迴盪在我腦中：此刻的自己已經太過衰老且疲憊，無法再次進入大門，也無法走完往返的路程。

「你們的房子還好嗎？」老雅嘎問道。

「很好。」我不加思索地回答，意識到芭芭可能再也不會回來，讓我感到胸口一陣恐慌。我把這個念頭埋在大腦深處，完全無法接受這件事。

「妳有自己引導過亡靈了嗎？」

「沒有。」我撒謊了。「那是芭芭的工作。」

「而妳若是下一任守護者，這現在就是妳的工作了。妳得儘快擔起責任，否則房子就會開始受苦。」

「這話是什麼意思？受苦？」我蹙起眉頭，想起我將亡靈趕走時聽見的痛苦碎裂聲。

「雅嘎屋為了亡者而生，引導亡靈是它們存在的理由。倘若沒了這個理由，雅嘎屋便會逐漸迷失，終至萎靡不振。」

我腦中浮現骷髏倉庫邊那面牆上出現的裂縫，還有四周變得又乾又脆的木頭，頓時整個胃緊緊揪在一起。

「再說，會受苦的不只有妳的房子。亡靈需要有人引導，要是一直困在這世界，他們就會漸漸消失並且永遠流離失所。當然，為了避免事情變成那樣，其他雅嘎屋會多引導一些亡靈，但分擔妳的工作也會讓它們吃不消。每幢雅嘎屋都做好分內的工作是很重要的一件事，否則整個循環就會失去平衡。」老雅嘎眉頭緊蹙，用手裡的菸斗指著我說：「然後，當然也不能漏掉妳。」

「我？」我的嗓子沙啞，口乾舌燥。

「妳跟妳的房子之間有著獨特的連結。要是妳的房子失去生氣，妳又會變得怎麼樣呢？」

我的目光立刻轉到手上，想到先前手指變透明的景象，就讓我的雙手止不住顫抖。接著我又想像自己的身體都逐漸消失，靈魂永遠飄零的樣子，不禁打從內心一陣作嘔。我用力握緊雙拳，讓指甲深深扎進掌心，好確認自己還有感覺。

「所以，我們得為妳做好引導亡靈的準備。」老雅嘎挑眉。「只要妳願意，妳可以把亡者的語言說得十分流利。妳曉得送行的咒文嗎？」

「曉得。嗯不。呃……有時候。我是說我才剛學會，所以還沒做好準備。」我搖搖頭，腦袋因為先前引導亡靈時承載了太多回憶而覺得沉重。

「被丟進深水裡是學會游泳最快的方法了。」老雅嘎笑著說。

我回想起房子曾一腳把我踢下山壁，害我掉進湖裡。此時此刻的我也有同樣的感覺，拚了命想浮上水面吸氣，並且竭盡所能地想要抓住任何東西。

「妳還好嗎？」老雅嘎皺起臉，擔心地問：「妳今晚想留下來嗎？我這兒有個收拾好的房間，我們可以明天再聊聊妳該怎麼自己引導亡靈的事。」

「我得回家，傑克和班傑都在那兒。」我站起身時一陣暈眩。我的整個世界都在崩塌，而老雅嘎竟然還想跟我談論引導亡靈的事。不可能，我無法成為下一任守護者，但一定有什麼方法可以讓芭芭回來，這樣**她**就能繼續引導亡靈，保護我和房子不要分崩離析，同時確保循環體系不會失去平衡。擔任雅嘎是芭芭的責任，跟我沒有關係。

「沒問題，那就明天晚上再過來吧。」老雅嘎送我到門邊。「妳想要的話，我可以幫妳一起準備引導亡靈。」

「謝謝。」我聽見自己喃喃回應。回家的路上，我望著自己在褶襉上來回磨擦的手臂，就這樣蹣跚越過地上的水窪，走進破曉的天光之中。我感覺自己正置身一場噩夢，渾身發癢難受，但無論我怎麼努力都醒不過來。

一陣笑聲從我的左側傳來，我抬頭看見兩個跟我年紀相仿的女孩在一旁的攤位望著我。其中一個女孩小聲跟另一個人說了些什麼，兩人便哈哈笑了起來。

「妳從哪裡弄到那條頭巾的？」

「妳看起來就像住在那棟破爛房子裡的醜女巫一樣。」

「這不是我的。」我一把扯下頭上的頭巾，正想跟她們說這是我祖母的東西，但這句話已經不成立了。芭芭怎麼能這樣對我？把我孤伶伶一個人留在這裡，隨時面臨消失不見的危險就算了，竟然還期望我能成為下一任守護者。

我不想要她的頭巾。我不要一條雅嘎的頭巾。我既不想看起來像雅嘎，也不想成為雅嘎。我把手中的頭巾扔進水坑，看著上面的骷髏和花朵在泥水中打轉，然後便轉身離開，迫切渴望能找到逃離這場夢魘的方法。

薩爾瑪

我回到房子落腳的地方，凝視著骷髏倉庫旁的那道裂縫。裂縫看起來比剛才還長，周圍碎裂的木頭缺口也更寬了。挫敗感在我體內熊熊燃燒，讓我不禁破口大喊：「這都是你的錯！要是你讓我穿越大門，我就能帶芭芭回家，這樣一來她就會引導亡靈，而你也會沒事。」

洩了氣的房子緩緩搖晃著。

「你太固執了！」我大吼。「拜託，只要……」我搖搖頭，拔腿衝進屋內。跟房子對話根本沒有意義，我知道它是絕對不可能讓我穿越大門的。芭芭說過我無論如何都不能跨過那道門檻，而房子一定會站在她那邊。就算事到如今，讓我穿越大門可能是拯救我們所有人的唯一辦法，這點也不會改變。

傑克還沒回來，但班傑已經在我房間睡著了。我挨著房裡那座青苔碉堡，輕輕地在班傑身邊躺下，忍不住低聲呻吟。老雅嘎什麼忙也沒幫上。我看得出來，她根本打從心底認定芭芭永遠不會回來了，但一定有什麼辦法的。要是我能穿越大門，或許還有機會帶回芭芭，就像我還是個嬰兒時她帶著我那樣。

我突然靈光一閃，立即坐起身來。雖然我的房子不讓我穿越大門，但老雅嘎的房子總不能阻撓我了吧？我決定明天晚上就去那裡要求幫忙引導亡靈，然後我就能在老雅嘎開啟大門的瞬間跳進門內，去找到芭芭並且將她帶回來。

我重新枕回柔軟的青苔上，想到明晚就有一線希望可以補救這一切，我就稍稍感覺安心了一點，於是閉起眼睛試圖入睡。然而，在我意識模糊之際，總是看見亡者的靈魂不斷消失，還有一幢幢雅嘎屋崩塌毀壞。當我終於睡著之後，這一幅幅景象便縈繞在我的夢境之中。

啦——踏踏！

我猛然睜開眼睛。

啦——踏踏！

我倉皇起身，從窗戶照進來的強烈陽光讓我無法睜開眼睛，空氣中充斥著市集的嘈雜喧鬧。遠方傳來各種生氣蓬勃的聲音，有人來人往的腳步聲，鍋盤噹啷作響，還有包裝袋摩擦的沙沙聲和銅板清脆的碰撞聲。

啦——踏踏！

「來了！」我大喊，心想可能是老雅嘎來看我，只是想不通房子為何不直接讓她進門。我費了好大力氣才把門拉開一道縫隙，這才了解房子為何要阻撓我開門。

站在門外的是先前取笑我頭巾的其中一個女孩，一個活生生的女孩。我不敢置信地睜大雙眼，過去從來沒有任何活人來到這扇門前。然後我隨即想到是我昨晚忘了搭籬笆的緣故，頓時慚愧得漲紅了臉。不過，這股內疚並未持續太久，因為我不禁好奇，要是我以前沒有聽話乖乖搭籬笆的話，不知道會多出多少機會可以遇到其他人。而且要是我從今以後都不再搭籬笆，想必還能結識更多人。

「哈囉。」女孩咬著下唇，蹙著眉頭瞄向我。「我叫薩爾瑪，我爸爸說我應該要來為今天早上取笑妳的事道歉。」她大嘆了一口氣後說：「他聽到我和我朋友說妳像個女巫。我們當時只是在開玩笑而已，不過我很抱歉，所以我把這個帶來了。」

薩爾瑪拿出一條翠綠的絲巾，我的胸口不禁一緊，因為那讓我想起妮娜的洋裝。我愣愣地盯著那條絲巾，不知道該說些什麼。除了芭芭以外，從來沒有人送過我東西。

薩爾瑪見我一句話也不說，接著又開口：「因為妳的頭巾掉在水裡了，而且這條絲巾感覺跟妳的髮色很搭。」

「謝謝妳。」我接過絲巾，用手指感受那柔軟且冰涼的絲布，腦中浮現我和妮娜一起游泳時，她的洋裝裙襬在海裡旋轉盤繞的樣子。「這絲巾很漂亮。」我說。

薩爾瑪點點頭，目光飄向鬆垮的木板牆和低垂的窗戶。「妳家房子好奇怪啊，跟我爸爸攤子隔壁的好像。有個老婦人說那房子——總之我就是這樣才發現妳的……那是一隻羊嗎？」薩爾瑪的眼睛突然亮了起來，直盯著在我身後踉蹌行走的班傑，迫不及待地問：「我可以看看牠嗎？」

我知道不該讓活人進屋，所以有些遲疑，但薩爾瑪用她那閃閃發光的眼睛望著我，雙頰露出淺淺的酒窩，於是我不自覺後退了一步。「當然可以。」我把絲巾掛在椅背上並抱起班傑。「妳要摸摸看嗎？」

薩爾瑪伸出手指輕撫班傑的頭頂，然後咯咯笑了起來。

煙囪突然灌進一陣強風，將一大團煤灰吹向薩爾瑪。她趕緊向後跳開，一手不斷在面前揮舞。

「抱歉，這棟房子很老了，而且……」我的心跳加速，擔心薩爾瑪可能會看見她不該看的東西，好比在屋梁上扭動的藤蔓、有待修補的龜裂骷髏頭，以及攤開在青苔靠墊上的《雅嘎之書》。「我正打算上市集去。」我脫口而出，一邊把班傑放回地上，看牠蹦蹦跳跳地跑回我房間後，我便領著薩爾瑪走向前門。「妳可以帶我到處晃晃嗎？」我開口問，心想就算只有幾個小時，只要能暫時逃離這房子和我所有的煩惱，跟一個活生生的女孩一起到市集上探險該有多好。

我感覺到四周的牆壁緊繃起來，但這只會讓我更想出去，畢竟我留在這裡什麼也做不了。在芭芭回來之前，這裡沒有我能做的事。於是，我拿起剛獲得的新絲巾披上，在下巴牢牢打上結。

「不是這樣綁的。」薩爾瑪笑著說，一邊伸手幫我解開絲巾的結，富有生命溫度的溫暖手指拂過我的手。「好了！」她輕輕調整絲巾，讓它剛好垂墜在我的脖子兩側。「這樣好多了，不過妳還需要一件新洋裝。我可以帶妳去我姊姊艾亞的攤子看看，妳爸媽會願意幫妳買嗎？」

「或許吧，等我一下。」我含糊著回答，然後跑去貯藏室，從芭芭放錢的罐子裡掏出一些錢。我可以幫自己買件洋裝，就像其他活著的女孩穿的那種漂亮洋裝，然後再幫芭芭買條新絲巾，當作她回來的驚喜禮物。

我假裝沒聽見骷髏倉庫裡傳來的骨頭碰撞聲，也無視房子透過窗戶傳來的哀求神情，逕自關上身後的門，跟著薩爾瑪的腳步走進市集。

薩爾瑪牽著我的手，拉著我穿越兩旁都是攤販的擁擠街道。起初我還很擔心自己可能會開始消失，而她握著我的手會察覺到異狀，但眼前川流不息的人潮很快就讓我忘了這些煩惱。這裡有數以百計的男女老少，他們身上穿戴著五顏六色、設計各不相同的衣帽，簡直超乎我的想像。我努力假裝自己也是他們的一分子，一個正在和朋友一起散步、正常的活人女孩。

所有的一切都顯得不真實，又或者說是太真實了，彷彿所有的色彩和聲響都變得更加豐富。色澤鮮豔的香料堆成一座座高聳的山丘，彷彿不受地心引力影響；金光閃閃的黃銅燈和銀製餐具則猶如月亮和太陽的碎片，折射出耀眼的光芒。一隻穿著背心的猴子在一片藍白相間的瓷器海洋中發出尖叫，弄蛇人站在由一串串珠光寶色的便鞋組成的彩虹前對我咧嘴微笑。

上一次在這裡時，我抱著一籃又一籃的補給品跟在芭芭身後。她囑咐我儘量不要引人注意，而且要小心提防任何有生命的東西。「當心前方的山羊、後方的馬匹，還要小心四面八方的人。」

想起芭芭再度讓我感覺既心痛又空虛。等她回來之後，我要告訴她我和薩爾瑪一起安全穿越了市集，讓她知道我們或許不必過得這麼提心吊膽，這樣我們未來的生活說不定會有所不同。

「這裡就是我姊姊工作的地方。」薩爾瑪拉著我來到一個大攤位，攤位前垂掛著長而飄逸的絲綢，一位笑臉盈盈的豐腴女子走出來迎接我們，她看起來就像是年長版的薩爾瑪。

「哈囉，我是艾亞。」她說話的同時目光快速掃過我身上的圍裙和老舊的羊毛洋裝，然後搖搖頭說：「那身衣服應該快把妳烤熟了吧？妳先到處看看，我幫妳沖杯清涼的薄荷茶。」話一說完，她便消失在攤子後方，薩爾瑪則領著我，不時拿起攤子上的洋裝在我身上比來比去。

「妳得試試這一件。」薩爾瑪遞給我一件綠色的長洋裝，顏色剛好可以搭配我的新頭巾，而這又再次讓我想起妮娜。這件洋裝的材質輕盈柔軟，領口的地方還有一圈閃亮的小圓珠點綴。

「噢，太棒了！」艾亞手上拿著盛有冰涼薄荷茶和椰棗的托盤出現。「看起來就像是為妳量身設計的一樣。」

「裙子是很漂亮。」我不太有把握地盯著眼前的洋裝，覺得它看起來太精緻了。

「去穿看看吧。」薩爾瑪推我走向更衣區：「妳試穿的時候我到附近買點希貝起亞⑮。」

薩爾瑪回來時，我儼然已經化身成為貴族，一邊啜飲甜甜的薄荷茶，一邊任由艾亞替我的手畫上彩繪紋身。洋裝如一陣沁涼的微風吹拂過我的皮膚，領口的串珠則是會反射日光的渾圓露珠。

「妳跟剛才簡直判若兩人。」薩爾瑪笑著遞給我一片花朵形狀的芝麻餅乾。「妳得把這件洋裝買回家才行。」

決定採納薩爾瑪的意見並不困難，我還另外挑選了一條有著黑底大紅花和金色長流蘇的絲巾要給芭芭。光是想像芭芭繫著這條絲巾和亡靈們翩翩起舞，流蘇隨之飛揚的樣子，我的嘴角就忍不住泛起微笑。

我付了洋裝和絲巾的錢，正準備將舊衣裳打包帶回家時，薩爾瑪說那些衣服應該直接燒掉。我的胸口一緊，但我馬上拋開這些感覺，毅然決然地將這些舊衣服留給艾亞處理。

我在恍惚中度過了接下來數小時的奇幻時光。置身在市集充滿活力的喧鬧聲中幾乎讓我忘了芭芭不在的事，忘了肩上還背負著成為下一任守護者的責任，而且我

⑮希貝起亞：塗上蜂蜜的油炸芝麻餅乾。

不僅看起來和過去截然不同，內心更覺得自己已經完全蛻變成了另一個人。然而，太陽很快就沉入了攤販的頂篷下，在市集上方的天空投射出深橘色的晚霞。我這才發現自己已經離家一整天了，頓時緊張得心跳加速。而且班傑肯定餓壞了。

「我得走了。」我對薩爾瑪說。一股沉重的窒息感襲來，彷彿生活中的所有現實問題又一股腦向我湧來。「謝謝妳今天帶我逛街。」

「不用客氣！」薩爾瑪露出微笑。「我本來還很擔心去找妳這件事，但是今天很好玩，而且妳穿這一身新衣服真的太漂亮了。」

我的雙頰一熱，心想薩爾瑪和她朋友說我像個醜女巫也不過是今天早上的事，如今竟然稱讚我漂亮了，不禁讓我感到有些開心。雖然我已經死了，又算是個雅嘎，但至少還能被看作是一個平凡、活著的女孩。當然，前提是我沒有離開房子太遠。

「我敢打賭我朋友朗雅絕對認不出妳。」薩爾瑪的眼神亮了起來。「妳明天要不要乾脆到我家天井來，我們就可以看看她認不認得出妳？」

「天井？」我問。

「我是指我家，我家中間有座庭院，裡面有個泳池。」薩爾瑪靠上前，指著市集邊緣一排五彩繽紛的大房子說：「我住在粉紅色那一間。朗雅吃完早餐後就會去找我，妳能一起來嗎？」

我愣愣地張著嘴，不敢相信自己受邀到一間平凡的房子，和其他活著的人待在一起。打從我有記憶以來，這就是我夢想的情節，但我真的有辦法去嗎？我連今天晚上會發生什麼事都不知道，更不用說明天的我會在哪裡了。

即使如此，我也沒辦法輕易拒絕，只能點點頭笑著說：「我會看看有沒有辦法過去。」然後我轉身穿越一條條街道，朝家裡飛奔。一股摻雜著罪惡感的興奮流竄過我的全身，因為我無法克制自己不去想像，要是我今晚成功穿越大門救出芭芭，芭芭和房子將會大受感動，然後就會欣然同意讓我拜訪薩爾瑪家的天井了。搞不好他們還會因此了解到我有多麼不想成為守護者，而我的人生便會就此轉變。雖然我還是離不開房子，但我或許能擁有比較多的自由，可以在能力所及的範圍內探索籬笆外的世界，和其他活著的人結交朋友，甚至有機會開創屬於自己的未來。我大笑了起來，因為自從我發現自己已經死掉之後，這是我第一次可以想像一個能讓我快樂生活的未來。

天旋地轉

還沒看到房子前，我就已經聽到班傑哀討食物的叫聲。罪惡感像刀一樣刺進我胸膛，我跌跌撞撞跑上門廊，努力無視窗戶陰沉的怒容和骷髏倉庫附近斑駁一片的景象。

當我在市集上佯裝成一個正常女孩漫步閒逛時，班傑正在挨餓，房子正在崩壞，沒有人在為引導亡靈做任何準備。生命偉大的循環八成已經失去控制，亡者的靈魂也正茫然消逝，而這一切都是因為我。我的滿腔罪惡感化為憤怒和挫敗，為什麼我不能在不搞砸一切的前提下擁有屬於自己的幾個小時？

我一開門，班傑便一頭撞上我的脛骨，傑克則一邊嘎嘎叫，一邊朝我猛撲過來，彷彿我離開了一世紀之久。「沒事的！」我舉起手護住自己，但傑克還是衝上前來，胡亂撲打在我的衣袖和肩膀上。牠的爪子落在我的新洋裝上，拉扯著衣服上精緻的縫線，接著牠又試圖把食物塞進我的耳朵，結果鳥喙卻纏住我的新絲巾。說時遲那時快，我瞄到某個又軟又黏的紅色東西滴在翠綠色的布料上。

「走開！」我使盡全力推開傑克。傑克發了狂似地拍打翅膀，在空中轉了幾圈後砰的一聲重重落在地板上。我低頭查看我的絲巾和洋裝，只見上面沾了某種紅色的醬汁，我肩膀的一側還有脫線的痕跡。我忍不住怒吼：「大笨鳥！你這隻愚蠢到無可救藥的大笨鳥！」憤怒的言詞從我口中滾滾而出的同時我就後悔了，但一切都已經太遲，我沒有辦法收回已經說出口的話。

傑克的頭歪向一邊，一雙銀色的眼珠不可置信地瞪著我，然後牠生氣地大叫幾聲後便瘸著腿，趾高氣昂地走出後門。

「傑克，對不起！」我在牠身後大喊，但牠頭也不回地拍著翅膀飛走了。我抱起班傑，一邊生起爐火燒開水，一邊低聲在牠耳邊道歉，牠則吸吮著我的指頭不斷低聲哀鳴。待水壺裡的水終於變熱後，我把沖好奶粉的瓶子拿給牠，在牠咕嘟咕嘟喝奶的同時輕撫牠身上柔軟的毛。班傑填飽肚子後便沉入夢鄉，於是我將牠抱到地墊上。

我換上舊洋裝，同時把新洋裝泡在水桶裡。房子裡一點聲音也沒有。太安靜了。我走到屋外大喊傑克，卻不見牠的影子；就連我端著半碗剛做好的卡莎粥，坐在門廊上吹牠專屬的口哨聲呼喚牠，也全然不見牠的蹤影。

琥珀色的晚霞漸漸褪去，取而代之的是深藍色的薄暮。我該出發去老雅嘎的房子了。就在這個時候，骨頭突然從骷髏倉庫裡蹦了出來。

「你要我搭籬笆嗎？」我抬頭對著門廊屋頂問。房子點點頭，而我忍不住嘆氣。我知道房子不會開啟大門，因為它害怕我會想辦法跨過門檻，所以它要我建籬笆只是為了防止其他活人靠近。它鐵定是在氣我今天和薩爾瑪出去，因此想要阻止我交朋友。「我回來之後再弄。」我斬釘截鐵地說。

房子發出咕吱咯吱的聲音立起身，並且開始伸展雙腿。

我大叫：「不行！拜託！我今晚還得去找老雅嘎，她要幫我……她在跟我解釋關於芭芭的事，還有引導亡靈和……」我的心跳飛快。我只差一點點就能將芭芭帶回來了，房子不能在這時候離開。「我回來之後就會搭籬笆，我保證！」

房子重新坐回地上，但窗戶看我的眼神仍然充滿懷疑。骷髏倉庫邊的縫隙裂得更開了，我倒抽一口氣，內心彷彿也被劃開一道裂縫。木板碎片掉在滿是灰塵的地上，一陣寒意像風一樣竄過我全身上下空洞的血管。

我拚命眨眼和深呼吸，直到那股令人不快的感覺褪去，然後我拉攏身上的披肩，將視線從混亂的景象中移開。「我很快就回來。」我走下門廊階梯，手指則停留在扶手上。「好好照顧班傑，也替我留意一下傑克。」我將哽在喉頭沒說的話嚥下，告訴自己我今晚就要去找芭芭了，然後我們會一起挽救這一切。

我拔腿跑向老雅嘎的房子，一連推開好幾扇門簾，發現用來裝飾她攤位的骷髏頭並未點燃。不過，現在天色已經快要黑了，所以我很確定她馬上就會為了引導亡靈而點燃這些骷髏。

「瑪琳卡。」老雅嘎的房門開著，示意我進去裡面。「妳今晚感覺怎麼樣？」

「很好，我已經準備好要引導亡靈了。」

「妳的房子呢？」她問。

「很好。」我低頭，驚訝地發現桌上只有麵包和沙拉，對於引導亡靈來說實在不太足夠。

「傑克呢？」

「妳還記得傑克？」

「當然記得，妳第一次帶牠來時，牠還只是裹在妳披肩裡的一隻小雛鳥，而妳照顧牠的模樣就像雅嘎屋照顧自己的主人一樣。」

「牠現在比較獨立了。」

「但你們還是會彼此照顧，不是嗎？」老雅嘎替我拉開椅子，並切了一點麵包給我。

我點點頭，想起自己剛剛推開傑克的情景，滿腔懊悔再度襲來。

「寒鴉是非常聰明而且具有社交性的鳥類。我在妳這年紀時，經常會在大草原上觀察寒鴉和狼，發現寒鴉會引導野狼獵捕其他動物，野狼則會跟寒鴉分享食物。」

我往盤子裡舀了一些沙拉，然後望著門的方向，納悶老雅嘎什麼時候才要點燃骷髏召喚亡靈。

「牠們也會一起玩。寒鴉一拉野狼的尾巴，野狼就會追逐牠們，我花了一點時間才搞懂原來牠們是在嬉戲。」老雅嘎笑呵呵地說。「妳現在還會跟房子玩嗎？」

「妳說什麼？」老雅嘎提問後我才回過神來，趕緊拉回視線。

「跟房子玩捉迷藏、鬼抓人，或是引導靈魂的遊戲。」

這些遊戲的名字喚起我幾乎遺忘的回憶。以前我和房子會在樹林裡玩捉迷藏，而我就是因為這樣才知道房子會爬樹，還能悄無聲息地踩過滿地落葉。

我們也會玩鬼抓人。我記得曾經三更半夜在大草原上全力狂奔，努力不要被在我身後追逐的房子抓到。玩遊戲時我的心跳總是快到整個人都在顫抖，興奮起來還會尖叫到喉嚨沙啞。

而當我沒有力氣繼續奔跑時，房子便會伸出腿將我一把撈起，然後讓我騎在屋頂上。我會抓住煙囪上下蹦跳，放聲大笑到肺部都快要炸開。

「我有好幾年沒和房子一起玩了。」我撇開腦中湧現的記憶，挺直腰桿說：「我就要滿十三歲了。」然而，說出這些話並未讓我覺得自己像個大人，反而像個迷失自我的小毛頭。

「那還真可惜。」老雅嘎握著菸斗朝四周比劃。「我和我的房子都跟那些山一樣老了，還是一天到晚一起玩。」她笑著說：「不過玩的可能不是鬼抓人就是了，否則大概會像蝸牛追烏龜。我們會玩井字遊戲，還有……抓緊囉……天、旋、地、轉！」

在我還沒能抓住任何東西之前，整個房子就突然倒向一邊，我們連同所有的家具都滑過地面。我嚇得瞪大雙眼，卻看見老雅嘎稀鬆平常地裝填菸草，全然無視身後倒塌的壁櫃發出巨大的聲響。

「這是怎麼回事？」我尖聲大叫，並且在我的椅子撞到牆上時使勁想抓住壁爐架。所有原本在地上的東西現在都堆在牆上，而整座房子依然持續旋轉。我感覺胃在翻騰，尤其是當房子進一步要將側邊的牆轉到天花板方向的時候。

「天、旋、地、轉！」老雅嘎再度尖聲喊道，一邊不斷移動自己的椅子以平衡身體，同時樂不可支地放聲大笑。我試著想學她移動椅子，但我的臉緊貼著牆壁，兩隻腳則卡在桌子底下。老雅嘎大叫著對我說：「妳得在房子翻滾時保持平衡。」

我撞到天花板上，最後整個人倒栽蔥似地倒在混亂的椅子底下（準確來說倒栽蔥的應該是房子，所以換個角度來看，我想我其實還是直立的狀態）。

「妳輸了！」老雅嘎直挺挺地坐在椅子上露出燦爛的笑容，而且她的椅子不可思議地立在天花板上。

「這遊戲太荒謬了，簡直弄得一團亂。」我從一片狼藉之中爬出來，不知所措又渾身發熱，心臟怦怦跳個不停。看著老雅嘎在一旁放聲大笑更令我感到惱怒。我皺著眉頭坐在屋梁上，努力平復呼吸。

老雅嘎點燃菸斗，走到敞開的窗戶邊。「過來這兒看看。」她將上身攀到窗外指著天空的方向，只見房子的兩條腿伸向天空，腳趾在熠熠星光下不停扭動。

「我的房子如今走不快也走不遠。」老雅嘎嘆了口氣。「我想，不久後它可能就無法再活動了，但它依然喜歡在銀河底下翩翩起舞。」

我後頸的寒毛直豎，一股涼意竄過脊梁。「要是妳的房子再也動不了會怎麼樣？」我問。

老雅嘎聳了聳肩說：「世間萬物都是偉大循環的一部分，我們終究要回歸星辰。」

我想起芭芭以及我來這裡的原因，趕緊問：「我們要準備引導亡靈了嗎？」

老雅嘎用眼角餘光望著我，淡淡地說：「這座屋子老了，年代久遠了。它這一生引導了足夠的亡靈，而且多年前已經有間年輕的房子接手它的工作成為雅嘎屋。」

「什麼意思？」

「我的房子退休了，我們已經不引導亡靈了。」

「但妳說妳會幫我引導亡靈啊！」我忍不住倒抽一口氣。我寄予今晚的所有希望瞬間都破滅了。

「我是說我會協助妳做好引導亡靈的準備，好比幫妳煮羅宋湯、釀製克瓦斯，或者教妳唸誦咒文。」

「那些我都會了。」我打斷她。「我只需要知道如何憑自己的力量開啟和關閉大門。」

老雅嘎吸了一口菸，若有所思地點頭說：「只要妳能和妳的房子連結在一起，就能提高對大門的控制力。」

「那要怎麼做？」

「妳需要時間和耐心。」老雅嘎領著我橫跨屋頂，在房子緩慢翻身的同時沿著牆壁走回地面，直到房子重新轉正。

強烈的挫折感在我體內燃燒。時間或耐心我都沒有，我只需要芭芭立刻回來。我們的房子正在崩壞，亡者的靈魂也不斷消失，而這一切的始作俑者都是我。想到這裡，我忍不住急迫地問：「沒有其他辦法嗎？可以讓我們快速產生連結的方法？」

「嗯，的確是有個『連結儀式』沒錯。」老雅嘎的眼神亮了起來。「我還記得我和這座房子的連結儀式，那真是雅嘎一生中無比美妙的時刻，而且那場派對……」

「派對？儀式？芭芭從沒跟我說過什麼儀式。」我皺起眉頭。儘管我不想在這時候對芭芭生氣，但她應該要告訴我這件事才對。

「說不定她是想給妳一個驚喜。」老雅嘎聳聳肩。「反正時候也還未到，這不是什麼非知道不可的事。不過，我這裡倒是有幾張我之前參加儀式的照片。」她四下張望，卻只看見滿屋傾倒的家具和散落一地的紙張，於是笑著說：「我恐怕得先收拾收拾才找得到，要不我明晚再跟妳說怎麼樣？」

「我現在就能幫妳整理。」我自告奮勇，急著想趕快了解儀式內容。

「噢，別操心這個。」老雅嘎滿不在乎地擺擺手。「妳該回去看看妳的房子，順便好好睡一覺。我們明天再見吧。」

我什麼話都還來不及說，屋子的門便逕自敞開，而我就這樣被送到屋外了。陳列在老雅嘎攤位上的骷髏頭輕蔑地勾起嘴角，似乎在無聲地嘲笑我。我急忙越過它們，回到漆黑的市集中。此刻的我渾身緊繃，甩不開那股被愚弄甚至是被欺騙的感覺。我今晚就想帶芭芭回家。天知道要是她越飄越遠該怎麼辦？要是現在根本就已經太遲，而她已經不在了，那我該如何是好？

我拋開這些念頭，抬頭仰望天空，只見一彎銀河橫亙在靛藍色的夜空中，像一道閃耀光芒的雲朵，從最東邊一直延伸到最西邊。我深吸一口氣，打直腰桿。無論芭芭走了多遠，我都會想辦法把她帶回來的。我必須這麼做。這不只是為了解救我和房子，也是為了拯救所有因為無法回歸星辰而黯然逝去的亡靈。我努力不去想其他雅嘎屋因為我而工作量大增的事。這所有的一切——整個循環體系的平衡——全都仰賴我將芭芭帶回來。

我回到家時房子已經睡了，屋簷低垂，煙囪發出微微的鼾聲。房子的一條腿從門廊下伸出，搭建籬笆用的骨頭則散落在打開的骷髏倉庫前。這幅景象讓我想起我要搭籬笆的承諾，以及我不實踐諾言將導致的後果。

我搖搖頭，嘆了一口氣，但終究還是走到骨頭邊，蹲下來開始搭建籬笆。要是我不信守諾言，房子就會在夜裡帶著我離開，這樣一來我就沒機會知道關於連結儀式以及如何控制大門的事了。

就在我彎身要從倉庫裡找出較長的大腿骨時，有個東西吸引了我的目光——那是一條繩索，在星光照耀下反射微微的銀白色光芒。我偶爾會用那條又粗又長的彈性繩索把骨頭固定在籬笆和門上。一個想法浮現在我腦中，我帶著一點叛逆的快感繼續搭建籬笆，腦子裡的想法則逐漸醞釀成一個具體的計畫。

我在距離房子不遠的地方搭好籬笆後，便用棉被和毯子蓋在上面，以免引來無謂的好奇視線，然後坐在門前的階梯上聽著房子規律的呼吸聲，確定它仍在熟睡。

房子的一條腿在我面前抽動了一下，想必是夢到自己正在奔跑。我這輩子都是由房子決定我們要去哪裡、待多久，但今天晚上就會不一樣了。我躡手躡腳地回到倉庫，把那捆繩子扛在肩上，顫抖著手指展開我的計畫。

我先將繩子繞過房子的每一根腳爪，再穿過扶手的欄杆，纏繞在房子長滿節瘤的木頭腳踝上，並使盡力氣把繩索綁到最緊。然後，我匍匐鑽進門廊底下，找到房子的另一條腿，想辦法將繩子接連穿過地板之間的三個接縫，最後在那隻腳的膝蓋上綑綁兩圈。

這下房子連站都站不起來，更不用說要去哪兒了。我從一片錯雜的木頭、繩索和房子的一雙雞腳中鑽出來，心滿意足地露出笑容。今晚將是我有生以來，第一次可以在入睡前確信我隔天早上仍會在同一個地方醒來。

天井

我沒有像預期那樣一覺好眠。夜裡，房子不斷發出呻吟和咯吱聲，因為不舒服而一直調整姿勢，弄得班傑也在地上滑來滑去，不明所以地連夜哀叫。我把頭塞在枕頭底下，試圖忽略房子裂縫擴大發出的聲響，還有牆壁碎裂和木腿跟繩索摩擦的聲音。我告訴自己房子會沒事的，偉大的生命循環也不會因為我一個人就全盤瓦解。但沒有用，擔憂和罪惡感有如洶湧的浪濤在我體內膨脹翻騰。

天亮之後，我若無其事地餵食班傑和找尋傑克，假裝自己看不見天窗和屋梁散發出的哀傷氣息。傑克昨晚沒有回來，我從每扇窗戶探頭喊牠，但始終沒見到牠的身影。屋裡的空氣沉重而凝滯，壓得我喘不過氣，一心只想逃離這裡。

我看見掛在壁爐前烘乾的新洋裝和絲巾，想起薩爾瑪邀我今天一起去她家的天井。在晚上去找老雅嘎之前，這無疑是讓我轉移注意力的最好辦法了。我仔細檢查裙子的破損程度，雖然汙漬已經去除，但肩膀的地方需要縫補。

芭芭的針線盒放在她的房間裡。她的床鋪又平又整，摺好的睡袍放在床角，下面還塞著一本羅曼史小說。我記得我第一次找到芭芭的書並吵著要看時，芭芭紅著臉說那不是給小孩看的書。想起過往的回憶讓我既開心又難過，尤其是我現在已經知道芭芭有多想擁有自己的家庭。她一定很希望自己的人生也能擁有一點浪漫愛情。說不定她一直以來都很寂寞，就像我一樣。

我在梳妝臺前蹲下身，從桌底抽出針線盒，一幅相框就這麼掉出來，打中我的頭。我撿起相框，忍不住用手指輕撫相片中的人。那張相片是芭芭抱著還在襁褓中的我，她的臉上洋溢笑容，眼神充滿驕傲。許許多多的複雜情緒突然向我襲來——渴望、悲傷、自責、希望，然後是憤怒，炙熱而強烈的憤怒。

我氣我自己不讓妮娜穿越大門，但也氣芭芭。她為什麼選擇幫助妮娜，而不是留下來陪我？難道對她來說，引導亡靈比當我的祖母還要重要嗎？

我把手中的相片翻面蓋在桌上，拿起針線盒奪門而出。

我縫補洋裝的雙手止不住顫抖，就連我走出房子後都還停不下來。我用力握緊雙拳，深怕自己的形體會隨風消逝，幸好我最後還是完好地在正午時分抵達了薩爾瑪的家。我鬆了一口氣，拾起雕花門上巨大的鐵環敲了兩下。

一名前來應門的女僕領著我穿越陰涼的房間，來到陽光普照的寬敞天井。地板以五彩繽紛的小磁磚拼成繁複精緻的圖樣，沿著階梯往下便是一座鵝卵形的深水泳池，後方還有不斷朝空中噴出水霧的噴泉。

「瑪琳卡！」薩爾瑪大聲叫我。「快進來一起游泳。」

我盯著因池底磁磚反射而呈現明亮鈷藍色的池水，猶豫著：「但我沒有泳衣。」

「朗雅，妳不游的話衣服可以借她嗎？」薩爾瑪轉身對躺在一張矮木床上的女孩問，我立刻就認出那是當時和薩爾瑪一起取笑我的女孩。

朗雅伸手從包包裡掏出一套黃色泳衣，然後扔過來給我。

我向她道謝，四下找尋可以換衣服的地方。

「妳認得瑪琳卡嗎？」薩爾瑪問朗雅，臉上的酒窩隨著她的笑容加深。

朗雅抬頭看我一眼，搖搖頭說：「不認得。我見過她？」

「她就是戴著頭巾的那個女孩，去我父親攤子隔壁找那位老太太的那一個。」

朗雅聞言吃驚地瞪大雙眼：「那個像巫婆的女孩？」

「現在已經不像巫婆了。」薩爾瑪得意洋洋地笑著。「我帶她去了一趟艾亞的店。」

她們的對話讓我感到困窘，加上放眼望去沒有可以換衣服的隱蔽場所，我只好把泳衣塞進洋裝底下就地更衣。

薩爾瑪將手臂撐在泳池邊，目光落在我的肩膀上，接著蹙起眉頭。

我發現她在看我，不禁心跳加速，深怕我的身體開始褪去，或根本已經消失。

「那裡裂開了嗎？」她開口問。

我鬆了一口氣，慶幸我的身體還在，只是洋裝裂開而已。「我養的寒鴉抓的，雖然我試著補過，但我的手不太巧。」

「寒鴉？」朗雅撇嘴問道。「妳的寵物是隻寒鴉？」

我點點頭：「我從牠還是雛鳥時就開始養了。」

「醜陋的鳥。」朗雅從包包裡取出一只小瓶子，然後用一支精緻的刷子開始在自己的指甲上描橘色的圓圈。「那種鳥既貪心，又老愛發出高亢難聽的叫聲。會唱歌的鳥才適合當寵物。妳有看過薩爾瑪的金絲雀嗎？」

我望向角落的鳥籠，裡頭有幾隻五顏六色的鳥。「牠們很可愛。」我用力抿著嘴，不想公然反駁朗雅，但她根本不曉得自己在說什麼。寒鴉是種美麗、慷慨又聰明的生物，能用上千種不同的聲音溝通，而且我還不必用鳥籠把傑克關在我身邊。想到牠讓我的心隱隱作痛，我需要牠趕快回來。

「妳好白又好瘦喔。」我脫下裙子後，薩爾瑪看著我的腿說。

「就像一副骷髏一樣。」朗雅竊笑。

我頓時胸口一縮，呼吸困難。她說的話如此接近事實。

「朗雅，別亂說話。」薩爾瑪朝她潑水，然後對我說：「別理她，瑪琳卡，她整個早上都心情不好。」

「是妳先開始的。」朗雅一邊抱怨一邊躺回椅子上，閉起眼睛曬太陽。

薩爾瑪翻了個白眼。「進來吧，瑪琳卡，順便把那顆球一起拿來。」她朝角落一顆條紋大球點點頭。

我抱著那顆球走到池邊，將腿伸進水裡，覺得怎麼看這雙腿都只剩下一把骨頭。不過，泳池的水倒是非常完美，既清爽又涼快，讓我感覺好了一點。「準備好了嗎？」我一邊問，一邊舉起手中的球預備拋給薩爾瑪。

我們在泳池裡玩傳接球，比賽看誰抱著球時能潛得比較深。結果我們兩人都潛不了太深，所以最後只是在池子裡笑成一團。我們還比賽游泳，我用蛙式贏過薩爾瑪，但薩爾瑪用自由式打敗了我，然後我們氣喘吁吁地漂在水上仰望天空。一隻鸛鳥飛到泳池裡，看到我們後又展翅離去。薩爾瑪說這些鸛鳥有時會趁晚上飛到泳池來，搞得亂七八糟，因此她都會把牠們趕走。

傭人端來了水果茶和淋上蜂蜜的貝赫里爾⑯。朗雅吃完點心後心情似乎好了一些，主動說要幫我把指甲彩繪成像她那樣。她一邊說我的手太粗、指甲太短，一邊擠了些可以滋潤肌膚的香氛乳膏在我手上。我想這應該是她示好的方式。

和她們一起度過的時間感覺非常奇怪。我無法完全聽懂她們的話題，自己也覺得有些格格不入。然而，要是時間足夠的話，我相信自己是可以融入的，而且我也希望能夠如此。我一直都夢想能擁有這樣的機會，如今我終於和活人在一起了，我想要了解他們都會做些什麼，也想知道他們是怎麼交朋友的。

「妳為什麼要去市集上找那個老女巫？」就在我認真想著關於友誼的事時，朗雅冷不防開口打斷我的思緒。

「她不是女巫。」我把手從朗雅手中抽回來。

「說書人哈姆札看過有人晚上進去她家後就沒再出來，他說是她把那些人吃掉了。」

薩爾瑪笑著說：「朗雅，他是個說書人啊！」

「故事總是奠基在事實之上。」朗雅傾身向前，神祕兮兮地說：「薩爾瑪，妳也知道我祖母天賦異稟，就連她也說過能感覺那座房子附近有黑魔法的氣息。」

我縮了一下。這種故事對我來說並不陌生。我們的房子曾有幾次落腳在村莊或

⑯貝赫里爾：多孔鬆餅。

小鎮附近，總有些活人會三三兩兩地到籬笆附近張望，大人會像是要保護自己般做出奇怪的手勢，然後匆匆離去，小孩則會彼此挑釁看誰敢走得更近，並且試圖偷瞄芭芭。

不過，他們並不管芭芭叫做芭芭，而是用一些難聽的名字罵她，還說她會做可怕的事。我從來都不明白那些人為什麼要編造關於雅嘎的謠言，也不懂他們為什麼要覺得害怕。這實在是太愚蠢了，因為他們總有一天會需要雅嘎的幫助，而雅嘎總是會歡迎他們的到來。我突然想起那些需要有人引導的亡靈，想到可能有任何一個亡靈會因為我而黯然消失在這世界上，就讓我渾身不對勁。

「那個老太太的確是蠻奇怪的。」薩爾瑪點點頭，一邊把另一片貝赫里爾塞進嘴裡。

「她到底是在賣什麼東西？」朗雅問。「而且為什麼她的衣服看起來都跟巫婆一樣？」

「她賣的是一種傳統飲料。」我嘆了一口氣。「她和客人穿的都是傳統服飾。她並不是巫婆，也不是什麼奇怪的人。」話說完後，我便拿起我的洋裝準備更衣。格格不入的強烈感覺幾乎讓我無法承受。

薩爾瑪朝指甲呼了呼氣，跳起身說：「外面天涼了，我們陪妳走回家吧。」

「不用這樣。」我不想讓她們看見房子。雖然我已經用被單把房子的腿和四處纏繞的繩索蓋住，但此刻的房子看起來一定很可疑，我敢保證薩爾瑪和朗雅鐵定會問東問西。

「不要緊的。」薩爾瑪笑著說。「反正我已經跟我爸說了會去幫他收拾東西。」

我心不甘情不願地同意跟她們一起走到薩爾瑪父親的攤位，然後告訴她們我可以從那兒自己走。聽了朗雅說那些關於老雅嘎的話之後，我感到身心俱疲，一心只想回家。

此時太陽低垂，塵埃和香料粉末漫天飛舞，商販忙著整理貨物，小孩則沿街跟商人索討賣剩的食物。薩爾瑪彷彿沒有看見他們，朗雅則是一臉憎惡的表情。

「噁，又是那隻小老鼠。」朗雅盯著薩爾瑪父親攤子附近的一個小男孩，對著他大喊：「滾開！我早跟你說過別在這附近乞討了。」

「我不是在乞討。」小男孩反駁。「亞克蘭說只要我幫他收拾，他就會給我一些貝沙若⑰。」

「不管你在幹什麼，別在我附近出現就對了。」朗雅打斷他的話。「你聞起來就

⑰貝沙若：一種濃稠的豆湯。

像觥髒的過街老鼠一樣。」

薩爾瑪咯咯笑個不停。她繞著那男孩轉圈，然後突然用手肘推他。猝不及防的男孩跌倒在地，漲紅了臉怒目瞪著薩爾瑪。「他看起來也跟老鼠一樣，對吧？」薩爾瑪搭住我的肩，湊在我耳邊用那男孩足以聽到的音量說：「大耳朵、小圓眼，還有一排滑稽的前牙。」

我一句話也沒說，但恨不得地上能有個洞讓我鑽進去。薩爾瑪為何要這麼殘忍？我抬起頭，發現老雅嘎正從她攤位的深色門簾後看著我們，頓時感到無地自容，只能羞愧地撇過頭去。當我再回頭時，她已經不在那兒了。

「我真的得走了。」我推開薩爾瑪的手。「謝謝妳今天的招待。」我努力想擠出微笑，卻覺得渾身不自在。

「我明天再找妳玩。」薩爾瑪在我身後大喊。我的胃絞了一下，我不懂她們為何一副想要對我好的樣子，同時卻對其他人如此刻薄。動手推那個男孩已經很過分了，她們還在不認識傑克和老雅嘎的情況下說了他們的壞話。儘管我一直渴望能和活人交朋友，此時此刻的我卻無法確定自己喜歡這些人。

失望如無形的重擔壓在我肩上。我拖著沉重而疲憊的步伐回家，深深覺得此刻的自己比早上更孤單了。然而，就在我想著情況不可能再糟的時候，房子映入了我的眼簾，我才驚覺更糟糕的事情已經發生……

膨脹的宇宙

我望著眼前混亂的景象，感覺彷彿有一把利刃劃開我的胃，呼吸也變得急促混亂。用來搭建籬笆的骨頭散落一地，沾滿塵土和泥濘，門廊前的欄杆斷裂，底座扭曲成詭異的角度。房子顯然一直拚命想掙脫束縛，最糟糕的是綑綁它的繩索已經深深嵌入它的雙腳，導致木頭分崩碎裂。

滾燙的淚水從我的眼眶流下，我手忙腳亂地想把它身上的繩索解開。「對不起，我對不起你。」我一邊低聲啜泣，一邊試圖鬆開纏在它腳踝和腳趾之間的繩子，但是繩子已經嵌得太深，房子其中一隻腳的腳踝甚至裂了一個大口，傷口上滿是血紅色的樹脂。我放棄解開繩子，翻箱倒櫃地從骷髏倉庫中找出剪繩子用的大剪刀。

雖然花了一點時間，不過我終究一截一截剪斷了繩索，讓房子重獲自由。我仔細查看房子的傷口，卻不曉得該如何是好。我想起以前房子總會為我憑空長出椅子、遊戲碉堡和暗門，不知道它是否也會那樣自我治療，還是會需要他人的幫忙？罪惡感緊緊掐住我的喉嚨。芭芭相信我會好好照顧房子，但看看我做了什麼好事。房子從來不曾像現在這樣傷得這麼重。

這時，傑克不知從哪兒飛到我肩上，翅膀打到我的耳朵，爪子刺進我的洋裝，但我忍不住湊過去親吻牠並輕撫牠的脖子。「噢，傑克，你在這裡真是太好了！我很抱歉之前那樣對你。」我話一說完，傑克便將某個又乾又刺的東西塞進我的耳窩，我掏出來一看，原來是隻被壓扁的巨大甲蟲。「謝謝你。」我破涕為笑，伸手抹去臉上的淚水。然後，就在我想將甲蟲屍體放進口袋時，才發現我的新洋裝沒有口袋。我突然很想念我的圍裙、舒服的舊洋裝，還有芭芭的頭巾。

「來吧。」我拍拍手臂，傑克便搖搖晃晃地從我的肩膀移動到手肘的位置。「我們來把房子修好吧！」

我把水潑灑在房子的傷口上，接著用撕開的床單纏住流出樹脂的地方，包括它一隻腳的腳踝和另一隻腳的膝蓋。房子渾身緊繃且一動也不動，過程中只有一次它縮了一下，結果把我整個人撞倒在地。就在那一瞬間，我很肯定房子笑到發抖，不過它很快就忍住了。我猜房子的狀況可能還好，糾結的心情總算稍微放鬆了一些。

在我終於清洗並且包紮完房子的傷口後，我撿起散落在地上的一截截繩索，並將骨頭整齊地放回倉庫。我今晚必須去找老雅嘎，因此沒有時間重新搭建籬笆，但我還是默默在心裡決定回來之後要完成這項工作。

我生起爐火，煮了一些水預備替班傑泡奶粉，班傑則在地上又跑又跳，直到終於喝到奶才冷靜下來，最後蜷縮在芭芭椅子旁的地墊上睡著了。我打開一罐杜熊卡⑱，餵食一直停在我肩膀上的傑克，告訴牠牠不在的這段時間發生了什麼事。

牠靜靜聽我說我如何綑綁房子，還有為了穿越大門而拜訪老雅嘎的事。講到老雅嘎的房子翻了個倒栽蔥時，儘管我當時很生氣，但此刻說著說著還是忍不住笑了出來，而傑克就在我耳邊咯咯叫著回應。

我試著敘述天井裡那兩個女孩的事，包括在泳池裡玩水有多開心、聽她們說話又是多麼有趣；然而我也十分困惑，因為儘管她們大多時候都很友善，卻會說些殘酷傷人的話。我告訴傑克，朗雅覺得老雅嘎是個陰險的女巫，而薩爾瑪在市集上把一個男孩推倒在地。

傑克嘎嘎大叫，我這才想起我曾經把牠推到地上破口大罵，還把房子綁得遍體鱗傷。我嘆了口氣，想到自己其實也和那些女孩一樣刻薄就令我難受，只好試著忽略這個感覺。

最後，我低聲告訴傑克傳說中的連結儀式，讓牠知道我將因此獲得控制大門的能力。話說完後，我將傑克跟我的馬毛毯一起放在芭芭的椅子上，要牠在我去找老雅嘎時好好守著房子和班傑。牠點點頭並將嘴抵住我的掌心，然後才轉身窩進毯子準備睡覺。

因為一直忙著替房子解開繩索還有餵食班傑跟傑克，我那件全新的綠色洋裝早已變得又髒又破，但我並不真的在乎。我換上以前的舊羊毛裙走出家門，感覺終於比較像是自己了。

房子現在看起來好多了。門廊的階梯已經排列整齊，扶手一邊發出微微的咯吱聲一邊調整角度，有些壞掉的欄杆正在重新接合，房子腿上的傷口看起來也沒有先前那麼怵目驚心了。我上前檢查包紮的情況，儘管傷口還沒癒合，但至少已經沒有再繼續分泌樹脂。

然而，骷髏倉庫旁的那道裂痕卻越來越嚴重，周圍一大片木頭都變得乾枯易碎。我皺著眉頭屈膝跪在裂痕旁，低聲問房子：「為什麼你修不好這個？」我必須一手按住心臟，才能稍微壓抑胸口的疼痛。

房子並未給我任何回應，但其實答案我也心知肚明了。距離芭芭最後一次引導亡靈已經過了四個晚上，而房子需要有人接手這項工作。我嚥下喉頭的疙瘩，告訴

⑱杜熊卡：罐裝燉肉。

自己即便如此，那個人也不一定要是我。「我會把芭芭帶回來的。」我對自己說，並且在前往老雅嘎家的路上下定決心，無論如何一定要想辦法打開大門帶回芭芭，免得房子或其他事情又變得更糟。

天色已經黑了，溫暖的空氣中殘留著剛歇業的小吃攤留下的食物香氣。今晚，老雅嘎屋外的骷髏頭像在歡迎我似地掛著友善的微笑，前門在我尚未抵達時就已大大敞開，在夜色中投射出一小角搖曳的光芒。

「鮮奶濃湯和麵條行嗎？」老雅嘎問，但不等我回答便把滿滿的兩個大碗端到桌上。

「謝謝。」我點點頭，然後在她對面坐下。老雅嘎的屋子恢復成一片整齊俐落的樣子，絲毫看不出昨晚天旋地轉後的混亂，就連書架都排列得井然有序。我注意到老雅嘎將一本相簿放在桌上，於是按捺不住內心的期待，開口問她：「妳找到連結儀式的照片了嗎？」

老雅嘎點了點頭，雙眼炯炯有神，彷彿跟我一樣興奮。她伸手打開相簿，並將相簿轉朝我的方向說：「這是最近的一次連結儀式，主角是一位名叫娜塔莉亞的年輕雅嘎。」翻開的那頁相冊中間有一張很大的黑白相片，底下一排褪色的墨水字跡寫著：娜塔莉亞與她的房子，連結儀式。

許許多多的雅嘎站在一起，一本正經地直視著鏡頭，背景至少有十五幢雅嘎屋，有的姿態莊嚴，有的只用一條腿金雞獨立，還有兩幢屋子可能是在錯誤的時間點跳起身所以糊掉了。正中間的那幢房子掛滿了花環，門廊上站著一名年輕的少女，臉上洋溢著微笑。

我不敢置信地盯著那張照片說：「我從沒看過那麼多雅嘎聚在一起。芭芭沒說過你們會一起舉辦什麼儀式。」說完我不禁皺眉，納悶芭芭為何從不帶我去參加這些聚會。要是我認識其他雅嘎的話，說不定就不會老是覺得孤單了。

「妳的芭芭多半是不想讓妳太過雀躍，畢竟這類儀式並不常舉辦，有時一隔就是幾十年，甚至幾世紀都有可能。」老雅嘎指著照片中的一張臉說：「那就是妳芭芭。」然後她的手指一滑，指向另一張臉說：「這個是我。」接著她比了比其中一幢糊掉的房子說：「我想這個就是妳的房子。」

我仔細端詳照片，總算認出芭芭和老雅嘎，但接著我注意到相片上方角落的日期，忍不住問：「這怎麼會是幾乎一百年前拍的？根本沒有道理啊。」

「雅嘎可以活好幾百年，甚至數千年，因為我們的房子會賦予我們能量，就像它們給予亡靈步上下一段旅程的力量一樣。」

我重新低頭看著眼前的照片，怒氣在腹中翻騰。芭芭應該要早點告訴我這些事的。

「妳的芭芭會在適當的時機，告訴妳在妳那個階段應該知道的事。」老雅嘎像是看破我的心思。「而且她一定也曉得妳很聰明，會在必要的時候自己找出剩下的真相。」

「芭芭的年紀多大了？」我問，同時有個想法逐漸在我腦子裡成形。

老雅嘎聳聳肩說：「大約五百歲吧。」

「那麼以雅嘎的年紀來說還算年輕囉？」我的嘴角上揚，心想要是芭芭還年輕，那我就更有可能成功把她帶回家了。

「的確有雅嘎比妳的芭芭年長許多。」老雅嘎緩緩點頭。「不過，就像妳從引導亡靈的過程中看到的一樣，各個年紀的人都會通過大門。」

「我可以活多久？」我不假思索地問，話說出口才意識到這是個詭異的問題，因為正確來說我根本不算活著。

「沒有人知道他們會在這個世界上停留多久。」

「這我也曉得。」我略感不耐地說。「但假設我生活在雅嘎屋裡，就像個雅嘎一樣，那我也能在這裡待上好幾百年嗎？」這個念頭令人興奮，同時也有點恐怖——有好幾百年的時間可以四處探險，卻也意味著我需要度過好幾百年的孤獨時光。

「有可能。」老雅嘎偏頭露出笑容。「妳跟其他雅嘎不太一樣，對吧？」

「因為我死了？」這些話像刀一樣刺痛我的喉嚨。

「嗯，好吧，這麼說也沒錯。」老雅嘎笑了出來。「不過更重要的差異是，妳並非生來就是個雅嘎。妳有選擇。」

「我有什麼選擇？」我冷笑一聲。「只能生活在雅嘎屋的我還有什麼其他選擇？」

「妳想成為什麼？」

「我……我……我想成為守護者。」撒謊讓我渾身燥熱不安，但在這時候談論我想成為什麼根本毫無意義，因為我此刻只想找出和房子建立連結的方式，然後開啟大門並把芭芭帶回家。這樣一來，她就能繼續引導亡靈，房子也會停止崩毀，一切都會再度好轉。要是我在成為守護者之外還**可以**擁有其他選擇，那也得等芭芭回來之後，我才有餘力找出答案。

「在連結儀式上……」老雅嘎將視線轉回相片，一邊從眼角不停偷瞄我。「雅嘎要承諾，只要他們在這世界上，就要成為房子和大門的守護者，而所謂的連結可能延續長達數百甚至數千年。妳確定妳準備好要進行這個儀式了嗎？」

「當然。」我的嗓音顯得比平常還要高亢，於是我只能拿起湯匙慢慢喝口湯，竭盡全力裝出一副冷靜的樣子。我告訴自己，就算做了儀式也不表示我真的得和房子連結數百年，只要等到芭芭回來重新接手守護者的工作就行。「那大門會在儀式上開啟嗎？」我直視著碗裡的湯問道。

老雅嘎點點頭說：「會，妳到時必須對房子和大門做出承諾，並以天上的星辰為證。妳可以先記好一些傳統的制式用句，或者用妳自己的話說也行，反正重點是要保證妳會保護房子和大門，並且負責引導亡靈。」

「我自己說就好。」我快速回應，心想要是大門一開我就跳進去的話，那根本什麼話也不用說，也不必做出自己不想守住的承諾了。

「妳真的想做這件事？」老雅嘎挑眉問道。

「真的。」我挺直腰桿，直視著她說：「越快越好。明天晚上可以嗎？」

老雅嘎先是遲疑了一下，旋即大笑：「有何不可？我最喜歡派對了，而且距離上次也已經過太久了。妳想在哪裡舉辦儀式？」

「什麼意思？」

「市集這裡離其他活人太近，所以我們不能在這裡舉辦儀式，得找個偏僻一點的地方。」老雅嘎抬頭看著屋梁，嘆了口氣說：「真可惜我的房子沒辦法一起參加，它一向很喜歡派對的。」

「妳沒有任何辦法可以幫它行走嗎？」

「恐怕沒辦法。歲月是很殘酷的，但能夠存在這麼長的時間也是一種福氣。」老雅嘎朝著壁爐的方向拋了個飛吻，輕聲說：「我一個晚上不在你會沒事的吧？」

地板一陣搖晃，接著便沉到地面上。

「那就好。那麼，既然妳的房子能跑，妳想去哪兒呢？」

「我不知道，不用去太遠的地方。」我緊咬嘴唇，想起房子受傷的雙腿，只能暗自祈禱明天晚上那些傷勢就能癒合。

「我一直都很喜歡大草原。」老雅嘎眨了眨眼提議。「但要去其他地方也行，由妳決定。聚會的部分我會負責安排。」

「怎麼安排？」我好奇地問。

「我會透過大門傳送耳語。」

「噢！」我環顧四周，找尋大門可能出現的地方。「妳不是說妳的房子退休了嗎？我以為那表示這裡的大門永遠不會再開啟。」

「現在只剩下一扇小窗戶，不過要用來傳送耳語也足夠了。妳離開後我就會打開它。」老雅嘎望著我，意有所指地說。有一瞬間我懷疑她是否已經看透我想穿越大門的計畫。

「大草原聽起來不錯。」我趕緊開口轉移話題。

「太好了！」老雅嘎露出一抹微笑。

一股暖意在我的體內油然而生，我不由自主地開始想像明天的情景——專屬於雅嘎的一場聚會！

光是想到不知道會見到多少人就讓我激動難耐。見到其他人可能會帶來正面的收穫，好比遇見班傑明就給了我跨出籬笆和追尋夢想的勇氣。然而，見到其他人也可能會讓情況變得難熬，就像遇到妮娜後我做了好些自私的決定，最終讓我失去芭芭；還有認識薩爾瑪和朗雅之後，我也見識到活人並不總是像我以為的那麼好。所以，我必須要更加謹慎才行。不過明天我不會到處鬼鬼祟祟地和不該見面的人打交道，因為我要見的人是雅嘎。

我成天都在幻想著活人世界的一切，卻從未想過原來還有一個屬於雅嘎的世界可以探索，感覺就像是我所身處的宇宙膨脹得更大了。明天，除了要把芭芭帶回家之外，或許我還會發掘出其他關於雅嘎、甚至是我自己的新鮮事。說不定，我未來擁有的選擇真的比我以為的還要多。

刺人的話語

我滿懷希望地回到家，睡著後夢見許許多多的雅嘎屋在跳舞，芭芭則在一旁拉手風琴伴奏，之前無人引導的亡靈全都笑容洋溢地穿越大門，飄向漫天星辰。接著，我的房子就像老雅嘎給我看的那張照片一樣縱身躍起，但落地時卻跌了一跤，膝蓋上的傷口跟著裂開，血紅色的樹脂流淌一地。我從睡夢中驚醒，嚇出一身冷汗。今天晚上，房子就得啟程奔向大草原地區，但它的雙腿此刻還纏著繃帶。

我僵直著身體打開房子的前門，來到門廊上。幸好扶手的狀態看起來不算太糟，儘管有幾根欄杆還有些歪斜扭曲，但至少整體是完整的。我爬到屋子底下去檢查它的雙腿，發現所有的傷口都已經癒合了，這才鬆了一口氣。我只剩下幾處比較深的裂縫需要查看。

我替房子解開繃帶時，它的腿一邊伸展一邊發出喀喀聲，雖然此刻腿上還有一些傷疤，但跟昨晚比起來已經好太多了。「你今晚想去參加派對嗎？」我輕聲說道。

「在大草原上舉辦的連結儀式，主角是我跟你。」

房子整個湊到我面前，正面的窗戶大大敞開，直勾勾地盯著我的雙眼。我忍不住放聲大笑，這是我第一次看到它這麼驚訝的樣子。「這是答應的意思嗎？你現在跑得動嗎？」我問。

它先是晃了一下，接著便用力拉長身子。除了骷髏倉庫旁那面牆上的裂縫之外，它高大強壯的模樣一如既往。

「太好了。」我輕輕撫過扶手。「不過，在天黑之前，你最好先把腳藏起來。」

我看著房子將雙腿彎起藏在門廊下，然後才回到屋內去泡奶給班傑，並替自己跟傑克準備了一點卡莎粥。

一陣敲門聲在我收拾碗盤時傳來。我僵在原地，想到可能是薩爾瑪。她說過今天會來找我，而我昨晚忘了重新把籬笆搭好，否則她或許就不會來了，因為籬笆有讓活人繼續向前走的魔力。我本來不打算去應門，但她敲個不停，我最後決定去開門告訴她我有其他事情得做。

「早安。」薩爾瑪站在階梯上對我露出微笑。「我和朗雅打算去吃冰淇淋，妳要一起來嗎？」

「不用了，謝謝。」我雙手插進圍裙口袋，找出我說服房子帶我來市集時所寫下的購物清單。「我得去採買一點補給品。」

「我可以幫忙。」薩爾瑪偏頭看著我手裡的購物清單說：「這裡大部分的東西阿里都有賣，我可以讓他兒子把貨送過來。」

我猶豫了一下。要是不用自己搬運沉重的籃子就能重新補充需要採買的東西，似乎也是個不錯的主意，但我腦中不斷浮現昨天薩爾瑪和朗雅在市集上欺侮那名男孩時刻薄的模樣。

「怎麼了嗎？」薩爾瑪微微皺眉。

「那個男孩……在妳父親攤位附近的那個……」

「小老鼠？」薩爾瑪笑了出來。「不用擔心這個！他不會來煩我們的。」

「不，不是這樣的。只是……妳難道不覺得，妳那樣推他有點太壞了嗎？」

薩爾瑪張大嘴巴，不敢置信地說：「我？對他太壞？噢，瑪琳卡，妳根本不了解他，他是個很糟糕的人，不只乞討還會順手牽羊。要是對那樣的人太好，他們就會搞得雞飛狗跳，所以一定得凶狠一點才行。這裡的規矩就是這樣。」

我望著她，內心並未被說服。芭芭總是親切對待所有上門的人，無論他們貧窮或富有、外表好看或平庸、身上香氣宜人或臭氣薰天，芭芭都會準備盛宴款待，並且給予他們同等的關懷，一視同仁地引導他們穿越同一扇大門。

「相信我。」薩爾瑪握住我的手，溫暖的體溫從她的掌心傳了過來。「我不會毫無理由就苛待其他人。不過，妳的洋裝去哪兒了？」

「我今天要穿這件。」我把手抽回來，有些扭捏地低頭望著自己身上那件圍裙。

薩爾瑪皺了皺鼻子說：「好吧，雖然有點土氣，但看起來也沒那麼糟。噢！妳知道有什麼東西跟妳這身打扮很搭嗎？」她在自己那只鑲著小珠子的精緻背包裡翻找一陣後，拿出一條掛著木雕金絲雀墜飾的皮繩項鍊，墜飾以黃銅斑紋細緻地描繪出金絲雀的翅膀、鳥喙和眼珠。「就是這個，拿去吧。」她把項鍊掛上我的脖子說：「反正妳戴起來也比我適合。」

「謝謝。」我輕輕撫摸那塊光滑的木頭墜飾，心裡的疙瘩雖然還未消除，但薩爾瑪感覺很努力在表現善意。

傑克鼓起全身羽毛，趾高氣昂地在地上走來走去，尖爪敲擊地面發出令人不安的喀喀聲。薩爾瑪緊張地瞥了牠一眼，立刻退後一步，扯了扯我的手臂說：「走吧，去買妳要的補給品。」

比起和薩爾瑪爭執，順著她的意思走還是容易多了，而且我的確想好好將食材採買齊全，因為老雅嘎說她會來幫我準備幾道今晚要帶去儀式上的餐點。

薩爾瑪領著我穿越市集，來到一個大型食物攤。攤子的主人是個留著鬍鬚的老人，他的助手端了杯香甜的薄荷茶給我，於是我便一邊喝茶，一邊聽薩爾瑪和店主人討價還價。

「好了！」她笑著對我說。「阿里的兒子傍晚會把所有東西送到妳那兒，到時候再付錢就行了。」

「真的嗎？」我不禁跟著露出微笑。上次我和芭芭來市集時搬了一趟又一趟的東西，每次都得扛著裝滿瓶瓶罐罐的籃子，但薩爾瑪讓這一切變得容易多了。

「沒錯，那我們去找朗雅一起吃冰淇淋吧。」

此時烈日當頭，空氣既潮溼又悶熱，來點冰淇淋似乎再好不過了。於是，我決定請薩爾瑪吃冰，藉此感謝她的幫忙。

我們到艾亞的攤位上去找朗雅，然後三個人一邊舔著冰淇淋，一邊漫步穿越市集。以前，我只吃過幾次冰淇淋，而且從來沒有嚐過今天選的檸檬口味。這種口味真是太好吃了，就像夏日的一縷微風般清爽涼快。

街道上充滿各種繽紛的色彩，一片生意盎然。懸掛在攤商周圍的布料迎風飄揚，推車的輪子輾過地面發出隆隆聲響，一旁有驢子在啼叫，遠方則隱約可聽見有人在吹奏笛子，並傳來人們歡快的笑聲。薩爾瑪和朗雅都笑得很開心。我心裡再度期望是我自己誤會她們了，搞不好她們根本不是刻薄殘忍的人，說的話和所作所為其實也沒有惡意。

我們走到市集外圍一座有著圓頂的圓柱狀高聳建築物，沿著螺旋狀的階梯拾級而上，然後在塔頂的陰涼處坐下來，眺望腳下無數的攤商市集。大部分的攤子都藏在頂篷底下，頂篷上則滿是五顏六色的補丁，儘管如此，朗雅還是能指出艾亞和薩爾瑪父親的攤子，以及從拐杖酒攤位後凸出的老雅嘎屋。

「那屋子看起來很陰森，對吧？」朗雅打了個哆嗦。「老舊、陰暗又充滿腐敗的氣息。」

我的心臟猛然一沉，當下立即站起身，決定在朗雅再度開始叨唸老雅嘎的事情前離開。今晚過後，我不知道自己還要多久才會再到市集來，因此我一點都不希望她那些尖言酸語毀了我在這裡的最後一個晚上。

「瑪琳卡家的房子長得就跟那老太太的房子一樣。」薩爾瑪舔了口冰淇淋並轉向我家的方向，但一棟鋪著地毯的紅色長形房屋剛好擋住我的房子。

「真的嗎？」朗雅像是想離我遠一點似地縮起身子，但旋即搖頭笑著說：「不可能，瑪琳卡家怎麼會跟那老巫婆的房子一樣醜？」

「是真的。」薩爾瑪點點頭，一邊繼續舔著她的冰淇淋，絲毫不知道她的一字一句都像石頭一樣砸在我身上。「我說的沒錯吧，瑪琳卡？」

「我們的房子一點都不醜。」我厲聲回應，感覺到脖子後一陣發熱。「妳根本不知道自己在說什麼！」我忍不住提高嗓門，雙頰越來越燙。儘管我心裡想停止叫囂，嘴巴卻像潰堤的水壩一樣不吐不快：「妳完全不懂什麼是美、什麼是醜，性格還很惡毒討厭。妳們兩個都一樣！」

薩爾瑪雙眼圓睜，吃驚地說：「但我一直對妳很好啊！」

「才沒有！」我放聲怒吼，伸手扯掉脖子上那只木雕的金絲雀墜飾，用力扔到薩爾瑪腳邊。「妳只是想把我改造成另一個人。」

「我只不過是幫妳挑了件新洋裝。」薩爾瑪眉頭緊皺，一臉困惑不解。「我以為妳很開心。」

我頓時語塞，驚覺這一切不全是薩爾瑪的錯，是我自己**妄想**成為別人——活著的人，就像薩爾瑪那樣，因此才會欣然接受她的每一個建議。我真希望我先前再更勇敢一些，能在朗雅對傑克和老雅嘎說三道四時仗義直言，並且在市集上替那男孩挺身而出。

朗雅昂起下巴，不屑地望著我說：「薩爾瑪是想幫妳打扮得像個正常女孩，而不是妳原本那副又醜又怪的女巫樣。」

「我不是女巫！」我握緊雙拳，眼中的怒火熊熊燃燒。

朗雅放聲大笑，而且顯然不是什麼友善真誠的笑，令我寒毛直豎。

「朗雅是在開玩笑。」薩爾瑪握住我的手。「我也只是想說妳的房子看起來跟那個老太太的房子很像，這是真的啊。好啦，不然我們帶朗雅去妳家看看，這樣她就會曉得妳家根本不陰森也不恐怖，只是長得比較奇怪而已。」

「妳們離我家遠一點！」這些話說出口的瞬間我也嚇了一跳，但光是想到她們在房子周圍鬼鬼祟祟、指手畫腳地說些難聽的話，那畫面就讓我覺得忍無可忍。芭芭說的沒錯，我們需要保護房子不讓活人靠近。「也離我遠一點！」我轉身跑下樓梯，胸口像是聚積了一團暴風雨。在我身處的宇宙變得更寬闊的同時，我的世界似乎也變得比從前還要黑暗。而如今芭芭不在我身邊、房子也不斷崩壞，我不知道該何去何從，也不知道該如何保護自己不要被這片黑暗給徹底吞噬。

閃爍的亮光

等我回過神時，我人已經在老雅嘎的屋子前了，為了忍住不哭而繃緊全身。房子的大門在我面前敞開，但老雅嘎不在客廳。我癱坐在火爐邊的椅子上，閉上眼睛深吸一口瀰漫著羅宋湯香味的空氣，試圖想像自己還在那個有芭芭在的家裡。

其中一扇房門唰地打開，老雅嘎走出來。她戴著一雙皮革手套，額頭上頂著一副厚重的玻璃護目鏡，看著我說：「瑪琳卡，妳沒事吧？」

我瞅著她，納悶她為何要戴著手套和護目鏡。「我很好，只是……」我不知該從何說起，突然喉頭一緊，淚水就這麼從眼眶落下，我趕緊用手背擦掉眼淚。

「妳剛才該不會又跟那兩個女孩在一起了吧？」

我點點頭，用力吸著鼻子說：「以後再也不會了，我討厭活人。」

「真的嗎？為什麼呢？」老雅嘎脫下手套，把水壺放到火爐上加熱。

「因為他們討厭我們。」我忿忿不平地答道。

「我不這麼認為。和妳說話的那些女孩只是年紀還小，不大懂事，可能心裡有點害怕不一樣的陌生事物罷了。不過，並非所有活人都是那樣，我就有很多善良又體貼的活人朋友。」

「妳有活人朋友？」我坐直身子盯著老雅嘎，一陣電流竄過我的脊椎。「雅嘎不是不能和活人交朋友嗎？」

「的確如此，所以我希望妳能替我保守祕密。總之，我很喜歡活人，正因如此才會在房子退役之後選擇定居在市集上。」

我合不攏下巴，盯著她說：「但芭芭說雅嘎的責任是要保護房子和大門，因此必須提防活著的人。」

「她說的一點也沒錯。」老雅嘎倒了一點茶，示意我到桌邊坐下。「我因為和活人講話，有好幾次都惹禍上身。」

「那妳為什麼還要這麼做？」

「我想，應該跟妳的理由一樣吧。」

我低頭望著我的茶杯。老雅嘎似乎對自己的人生感到心滿意足，因此我懷疑她和活人講話的原因會和我一樣——因為想逃離自己的孤獨宿命而融入他們。不過，我不能這樣告訴老雅嘎，畢竟我得說服她相信我衷心期望能成為下一任守護者，因此我堅定地說：「我現在知道和活人交朋友根本不值得了。我寧可沒有朋友，也不想和朗雅跟薩爾瑪那樣的人在一起。」

「那些女孩有時的確很殘忍。」老雅嘎附和。「但別因為這樣就一竿子打翻一船人。這世界上的好人遠比壞人要多，妳只是需要小心慎選朋友。」

「我才不需要朋友。」這句話在我嘴裡留下一股酸味。「再說，和活人交朋友根本沒有意義，反正房子隨時都有可能離開。」

「說的就像一個真正的雅嘎一樣。」老雅嘎豪飲了一大口茶，然後露出微笑。

我不自在地調整了一下坐姿，接著問她：「我們現在該來準備連結儀式了嗎？妳說過妳會幫我一起準備料理。」

「妳來之前我就在做準備了。」老雅嘎的雙眼亮了起來。「不過，我做的東西比羅宋湯還要更值得期待。過來看看吧。」

我跟在老雅嘎身後進入她剛才走出來的那扇門後，瞬間一陣怪異的化學氣味撲鼻而來，我的目光沿著牆面掃視一周，不禁心生敬畏。這間房裡有一面牆上掛滿巨大的銅鍋和導管，全靠著房子長出的幼芽、根莖和藤蔓牢牢固定。

另一面牆的前面有一張長凳，長凳上方是房子長出的層架，架上擺滿了各式各樣的玻璃容器，周圍則有植物的卷鬚緊緊纏繞。

「這兒是不是很棒？」老雅嘎自豪地環顧房間。「這座房子在八百多年前替我建了這間實驗室，然後它一直細心保護每只燒瓶和每根試管，所以這裡從來沒有東西摔壞過，就算是它從前喜歡在大草原上奔馳時也一樣。」老雅嘎轉身對我眨了眨眼說：「為了娛樂訪客而天旋地轉的時候也不例外。」

「這些是做什麼用的？」我低聲問道，同時努力睜大雙眼想看清房裡的一切。黃銅製成的滾筒反射的光線太過刺眼，因此我轉身查看層架上的瓶瓶罐罐，只見裡面裝滿了粉末、顆粒和液體，顏色則是千奇百怪，無奇不有。

「這些是製作拐杖酒用的。」老雅嘎指著擺滿黃銅器具的那面牆，接著轉向另一側的長凳和天秤。「這裡則是做實驗和製作混合物的地方。我現在正在做煙火。」

「煙火？」一陣興奮的戰慄在我身上爆開，我不禁靠上前去仔細端詳放在長凳上的東西。好幾個紙洋蔥一樣的圓球整整齊齊地排列著，中間有一條線將它們串在一起，其中一顆圓球半開，露出裡面一層層的黑色粉末和紙張。

「都是為了今晚準備的。」老雅嘎咧嘴一笑，一邊重新戴上手套一邊問我：「妳想幫忙嗎？」

「想，當然想。」我用力點頭，手指因為興奮而顫抖。當我戴上老雅嘎遞給我的手套和護目鏡走到長凳前，所有關於薩爾瑪和朗雅的煩心事都被我拋到九霄雲外了。

「妳可以負責做星星。」老雅嘎輕拍層架底部，一根厚實的藤蔓便端著一排裝滿繽紛粉末的架子垂到長凳上。「這些就是煙火之所以會有顏色的祕方。」

老雅嘎從架上取下一個個瓶子，一邊告訴我這些粉末的名稱以及它們燃燒時會是什麼顏色：氯化鋇燃燒會變成淺綠色，氯化鈣會變成橘色，硝酸鈉則會變成黃色。她教我如何混合出新的顏色，好比將燃燒時會變成紅色的碳酸鍶跟藍色的氯化銅混合在一起，就能製造出紫色的煙花。老雅嘎示範完每次該加多少粉末之後，便將這項工作交給我。

於是，我就在長凳的一端製作小星星，老雅嘎則在另一端忙碌。起先，我每次都只用一種粉末，但很快就開始東加一點、西加一點，心裡一邊幻想今晚的夜空會綻放出什麼色彩的煙火。

老雅嘎把我做好的星星放進她的紙洋蔥裡，一邊興奮地說明每一層的內容物和作用。她說這些紙洋蔥其實叫做禮花彈，裡頭裝有可以讓它們升到空中的發射炸藥、讓它們爆炸的引爆炸藥，以及用來確保禮花彈可以在正確的高度炸開的計時引信。

「妳是怎麼學會這些的？」我趁著老雅嘎停下來喘口氣時開口問她。

「跟活人學的！這就是我跟他們說話的原因，為了了解這個世界上的新事物和我自己。我跟妳差不多年紀的時候，在大草原地區結交了第一個朋友，他是個黑髮的游牧少年，變的魔術把戲總是看得我眼花撩亂。從那時開始我身邊就一直都有活人朋友。」老雅嘎扭動手指，憑空變出一枚閃閃發光的硬幣，然後笑著繼續說：「但煙火是我很晚才學會的，教我的焦師傅來自遠東一帶。我向來很喜歡化學，但好幾世紀以前這並不叫化學。我曾跟來自不同地方的僧人和學者一起研究煉金術，當時我們幾乎什麼也不知道，卻堅信能用蛋殼和堆肥製作黃金。我們做實驗時，這裡面的臭味真不是開玩笑的。」老雅嘎放聲大笑，兩眼神采奕奕。「這個領域後來進步了很多，我還跟幾個偉大的化學家一起讀過書，像是波以耳、拉瓦節、羅莎琳·富蘭克林。」老雅嘎嘆了口氣。「感覺我和門得列夫一起上課不過是昨天的事，但轉眼應該都超過一世紀了。」

「妳幾歲了？」我問。

「妳的芭芭難道沒跟妳說過，詢問長輩年紀是很失禮的事嗎？」老雅嘎從護目鏡後嚴肅地盯著我說，但她臉上的笑容並未消失，因此我猜想她八成是在跟我開玩笑。

我紅著臉說：「抱歉，芭芭跟我說過妳屬於古老祖先的世代，但我從未真正想過那是什麼意思，只知道那表示妳又老又充滿智慧之類的。」

「說的沒錯，是很老的意思。古老祖先指的是活了超過千年的雅嘎，但智慧並不總是隨著年紀增長。當然，我想這麼多年來我還是學會了一些東西。」

「例如化學？」

老雅嘎點了點頭說：「除了引導亡靈，妳總是需要其他事情來打發時間，就像妳的芭芭一直都很喜歡音樂，對吧？」

「我見過的每一種樂器她都會修理和彈奏。」我驕傲地說，同時在腦中想像芭芭一邊用腳打拍子一邊拉手風琴，時而偏頭親吻她的豎笛，時而彈奏她的巴拉萊卡琴。我的雙眼頓時盈滿淚水，趕緊眨眨眼，提醒自己今晚就要去接芭芭回家了。

「那妳呢？」老雅嘎問。「妳的興趣是什麼？」

我放下手中剛折好的星星，抿著嘴陷入沉思，因為我不知道自己喜歡做什麼。當然，我平常還是有一些愛做的事，好比看書或是做白日夢，但卻沒有一件事能讓我燃起熱情，像是畫畫之於班傑明、動植物之於妮娜、化學之於老雅嘎，或是音樂之於芭芭那樣。我突然靈光一閃，意識到有一件事是我想要做的：我想要探索世界，嘗試新事物，然後找尋自己的熱情所在。然而，若要做到這件事，我就得將芭芭帶回家。守護者的責任必須由她擔起，而不是我。

「我只想成為守護者。」我撒謊了，但我此刻滿腦子都在想著今晚的連結儀式和如何尋找芭芭。

老雅嘎脫掉手套和護目鏡，心滿意足地欣賞整齊陳列在我們眼前的禮花彈。「我想這樣應該差不多了。」她說。

我把護目鏡推到頭上並望向窗外，這才發現天色已經黑了。「我們該出發了嗎？」我的腸胃一陣緊縮。

「如果妳依然確定妳要這麼做的話。」老雅嘎從長凳底下取出一個大金屬盒，開始將禮花彈放到盒子裡。

「當然確定，我等不及了。」我露出一抹微笑，明白自己這句話是真心的。今晚，我即將一口氣見到許多其他雅嘎，這對我來說是前所未有的事。我還會親眼看見自己製作的煙火在空中綻放，然後我將會穿過大門去尋找我的祖母，並且帶她回家。

今天晚上一定會很棒。到了明天，芭芭就會在家引導亡靈，房子的裂縫會慢慢癒合，偉大的循環也會重新找回平衡，而我將能自由自在地去探索我人生中想要做的事。

這樣一來，即使只能以一個亡魂的形式存在，永遠困在一幢長了雞腳的房子裡，說不定也不是這麼糟糕的一件事。

連結儀式

老雅嘎將身子探出窗外，高興地大聲呼喊。「我都忘了待在飛奔的房子裡是什麼感覺了。」她把頭縮回來，眉開眼笑地，一頭厚重的鬈髮被風吹得亂蓬蓬。幾根新生的藤蔓從屋梁上垂了下來，層層纏繞並在老雅嘎身下捲成一張吊床。「真是太讓我受寵若驚了，女士。」老雅嘎說。

「女士？」我挑起一邊眉毛。

「沒錯。」老雅嘎邊說邊跳到吊床上。「妳的房子是個優雅的女士。」

「妳怎麼知道？」我從未想過房子究竟是男是女。

「就是一種感覺。妳看！」她突然舉起臂膀，指著地平線上的某處。我放眼望去，只見月光中隱約有個模糊的影子越變越大，傑克在窗櫺上走來走去，兩眼緊盯著那影子不放。

我向前移動，瞇起眼睛仔細查看。「那是另一座房子！」我大喊。

「那是雅嘎萬金！我上次看到他應該是……老天，至少是兩百年前了。」老雅嘎用手按住胸口，臉上浮現一抹微笑。

那幢房子離我們越來越近，最後終於和我們並肩疾馳。我的心跳加速，全身都能具體感受到四條巨大的雞腳一起奔跑的力量。

一位戴著鮮黃色圓頂禮帽的老先生從窗戶探出頭來，一邊揮手一邊大喊：「妳好啊，雅嘎塔蒂亞娜！妳比我們上次見面時又更美了。」

老雅嘎朝他揮舞手帕，笑呵呵地說：「謝啦，雅嘎萬金，你看起來氣色也不錯。今晚正好適合來場派對。」

「說的沒錯。」雅嘎萬金抬頭望向空中那輪大而明亮的滿月說：「我們來比賽看誰先到。」語畢，他的房子馬上拔腿超前，在我們的窗前留下一團飛揚的塵土。傑克厲聲尖叫，拍打著翅膀跳到我肩上。

「房子，妳不反擊嗎？」老雅嘎抓緊吊床的藤蔓，我們的房子立刻加速疾衝上去。我一時站不穩，趕緊靠在窗邊才沒跌倒。房子以前從來沒有跑得這麼快過，窗外飛逝的風景變成一片模糊的殘影。我難以壓抑興奮的情緒，忍不住迎著強勁的風勢放聲大喊。

「再加把勁，房子！妳可以的，衝啊！再快一點！」

像是在模仿我一樣，傑克也一邊拍打翅膀一邊拉長脖子大叫。房子跑得越來越快，砰砰的步伐聲重重落在地上，很快就迎頭趕上雅嘎萬金。當我們終於超越他時，他笑著抬起帽子致意，老雅嘎則向他點頭回禮。我開心地跳起來並且拍打窗臺，用驕傲的口吻對房子說：「我就知道妳可以！」

老雅嘎哈哈大笑，接著便重新躺回吊床上。

「塔蒂亞娜是妳的名字嗎？」我問。

「是的，雅嘎瑪琳卡。」老雅嘎點點頭，伸出一隻手對我說：「我就是雅嘎塔蒂亞娜，很高興認識妳。」

我雙頰一熱，趕緊用力握住她的手，不敢相信自己之前從沒想過要問她叫什麼名字。「今晚會到場的雅嘎妳全都認識嗎？」我又問。

「沒錯，他們都會到市集上跟我買拐杖酒。」她眨了眨眼。「我喜歡交朋友，就算他們會繼續各奔東西也無妨。這就是我製作拐杖酒的原因。」

地平線上開始出現其他雅嘎屋，它們在身後揚起一大堆塵土，接連加入我們的行列。這麼多雅嘎屋齊步奔跑的腳步使得周遭的空氣隨之震動，我的血液也為之沸騰。

「我從沒看過這麼多雅嘎屋！」我大喊。

見了。」

「雅嘎屋齊跑的壯觀景象是無可媲美的。」老雅嘎嘆了口氣。「只可惜太難得一見了。」

「為什麼雅嘎們不常舉辦聚會?」雖然我內心似乎知道原因,但還是問出口了。

「我們有責任保護房子和大門不被活人發現,但這麼大規模的聚會很可能引來不必要的注意。」老雅嘎像是要搧去什麼臭味一樣擺了擺手,然後用眼角餘光瞥了我一眼說:「我一直覺得要是能更常聚會一定很棒,畢竟成為雅嘎有時相當寂寞。」

「不會啊,我們每晚都能和亡靈一起同歡。」為了不想讓她認為我還沒做好進行連結儀式的準備,我只好端出違心之論。

「這倒是。」老雅嘎點點頭說:「我一向很喜歡引導亡靈時的派對,但等妳親身體驗過雅嘎的聚會後再說也不遲,那真的要參與過的人才會知道。說到這個,我得去準備一下了。」她跳下吊床,打開隨身攜帶的一只大皮箱,爆滿的衣服頓時散了滿地。她在那堆衣服裡東翻西找,略過一件大尺寸的蓬蓬裙,以及一件除了流蘇之外什麼也沒有的小短裙。「抱歉,我向來不擅長打包。」老雅嘎一邊說,一邊將一頂毛茸茸的帽子、一件衣領鑲了邊的上衣和一條羽毛圍巾挑出來扔到一旁,然後又翻出一只小提袋,袋子上嵌著的貝殼碎片反射出大海的色澤。

「我想妳可能會需要借點行頭,但又不確定妳喜歡什麼。」老雅嘎拿起一頂本來應該是船形，但已經壓到變形的藍色假髮，大笑著說：「我想這些應該早就退流行了，我真的應該好好清倉一次才對。」

「我穿這個就行了。」我伸手撫平身上樸素的羊毛洋裝，目光卻還是不時飄向老雅嘎的皮箱。

「妳穿著舒服就好，但妳還是可以趁我換衣服時隨便翻翻。」老雅嘎挑了一件黑色長裙和有繡花的白色上衣。

因為老雅嘎的皮箱裡實在有太多神奇的布料和款式奇特的設計，我終究忍不住翻找起來，想搞清楚這些衣服到底是什麼時候、又是從哪裡弄來的。然後，我在那堆衣服底下找到了一件黑色天鵝絨洋裝，邊緣有著色彩繽紛的骷髏和花朵圖樣，摸起來既溫暖又柔軟，而且材質夠厚，不會被傑克的爪子抓壞。最重要的是，這件洋裝的圖樣讓我想起了芭芭。

「妳穿起來很適合。」老雅嘎回來看到我穿著這件洋裝便露出微笑，接著她坐回吊床上，望著窗外說：「無論妳要不要進行連結儀式，今晚都一定會很有趣。」

「什麼意思?我當然要進行連結儀式。」我的語氣堅定。

「我只是說，就算妳改變心意也沒關係，因為舉行連結儀式是個重大的決定，尤其對像妳這樣的人來說……」

「妳是指已經死掉的人嗎?」我出聲打斷她，感覺到脊柱一陣發涼。

「不是，我是指像妳這樣年輕的人。」老雅嘎柔聲回答。

我臉頰一熱，咕噥著說:「對不起。」我為自己尖銳的反應感到困窘，於是轉身面向窗外，思考著今晚將要發生的事——連結儀式、穿越大門，然後飄向漫天星辰。我已經死了，所以會漂過那片墨黑的海洋和光滑如鏡的山脈，接著便能找到芭芭並且將她帶回家，就像她帶著還是個嬰兒的我回到這世界一樣。「我很確定我想要進行儀式，不會改變心意的。」我說。

此時，房子的腳步聲逐漸變得深沉，回音也更加強烈。「大草原到了。」老雅嘎輕聲說，望向窗外的雙眼閃著光芒。「能回來真是太好了，我一直把這裡當成我的故鄉。」

無邊無際的草地在月光照耀下反射銀白色的光芒，而當房子的步伐重重落下，新鮮的雨水味就從泥土地上撲鼻而來。遠處依稀可以看見低矮的丘陵輪廓以及漆黑一片的森林剪影。

房子放慢速度，緩緩朝著林線的方向前進，其他雅嘎屋也是。隨著我們距離目的地越來越近，我可以聽見風中傳來房子的腳步聲，如擊鼓般隆隆作響。我的心情越來越激昂，整個人輕飄飄的，同時感覺自己變得更加高大了。傑克飛回窗臺上，一雙晶亮的眼睛迫切地凝望著窗外的夜色。

當我看見聚集在森林邊緣的雅嘎屋時，忍不住激動得渾身顫抖。我從未想像過眼前的景象：上千個發亮的骷髏頭將一道巨大的籬笆染成橘色，籬笆後則是一整列雅嘎屋，它們正隨著門後流洩出的音樂聲又蹦又跳、歡欣起舞；幾座比較老的屋子則盤腿坐在外圍，看著一群年輕的房子用一顆跟牛一樣大的皮球玩傳接球的遊戲。

放在我的骷髏倉庫裡的骨頭爭先恐後地加入搭建籬笆的行列，其中大腿骨和腓骨組合成一臺奇怪的小推車在籬笆上顛簸移動。「妳快去坐看看，放輕鬆玩。」老雅嘎將我推出門，但立刻又說：「啊，等等，妳有樣東西在我這裡，是妳前幾天掉在我攤子外的。」她從口袋裡掏出芭芭的頭巾——那條印有骷髏頭和花朵圖樣的頭巾。她將頭巾繫在我頭上，並在下巴的地方打了個結。「好了。」老雅嘎和我一起走下門廊階梯，然後指著地上的一個小水窪問：「妳現在看到什麼？」

我望著那攤水，看見芭芭的絲巾底下露出我鬈曲的頭髮。「我的倒影！」我靠上前去。「我看起來就像個守護者！」

「幾乎是了。」老雅嘎笑著說。「我們儀式上見。」

我緊張兮兮地朝人群走去。就在我什麼都還來不及反應時，我已經被其他長老世代的雅嘎團團圍住，他們一邊拍著我的背，一邊跟我握手。

「我是雅嘎安娜……」

「……雅嘎迪米崔……」

「……很高興認識妳……」

「……沒有比今晚更適合來場連結儀式的了……」

「……真是棟漂亮的房子啊……」

「雅嘎伊蓮娜！快來見見雅嘎瑪琳卡。」

一個小女孩跑了過來，我不禁露出微笑。這是我第一次見到跟我一樣年紀的雅嘎。

「哈囉，雅嘎瑪琳卡，恭喜妳要舉辦連結儀式了！」雅嘎伊蓮娜笑著勾住我的手臂，一副我們老早就認識的樣子，拉著我離開長輩們的身邊。「我們去搭骨頭雪橇如何？」

我順著雅嘎伊蓮娜的目光望去，這才發現籬笆上不知何時已經有好幾臺骨頭雪橇在上面滑行。伊蓮娜帶著我到籬笆比較矮的地方，其中一臺雪橇便匡噹一聲落在我們腳邊。我們爬進雪橇裡，坐進骨盆做成的座位並向後靠在肩胛骨椅背上。說時遲那時快，雪橇冷不防衝上籬笆，我的五臟六腑像是瞬間位移一樣，然後骨頭雪橇就落在籬笆的軌道上，沿著所有雅嘎屋的外圍繞行一個大圓圈。

在我們搭乘骨頭雪橇快速行進的同時，傑克也在我們頭上翱翔。雪橇顛簸向上疾馳時，我和伊蓮娜緊緊抓住彼此；雪橇向下俯衝的時候，我們則一齊放聲尖叫。所有的一切在我眼中都猶如一片絢爛的光影和漩渦，伴隨著眩暈和歡笑在星空下交錯。最後雪橇終於停下來，我顫抖著雙腿跌跌撞撞地下車，臉上卻是止不住的燦爛笑意。

放眼望去，到處都是雅嘎，大家一邊忙著將食物擺到長桌上，一邊飛快地交談，聽得我頭昏眼花。不過他們都非常親切，笑容滿面地稱讚我和我的房子，同時熱心地用手指捻食物餵傑克吃。有些人和我分享他們和芭芭認識的過程，以及芭芭為人有多麼討喜，而我只是報以微笑，默默守護著自己的祕密——芭芭還沒死，而我很快就會將她拯救出來。

我見到了許許多多的雅嘎，卻沒能真正認識任何一個人。他們就像引導儀式上的亡靈一般，舞跳著跳著就不見人影。儘管如此，我還是笑到臉頰發疫，因為他們跟我一樣都是雅嘎——或者該說，「幾乎」跟我一樣。我在活人之間總覺得沒有歸屬感，在亡靈中也顯得格格不入，但在這裡，我感覺只要時間夠多的話，我應該能夠融入他們之中。只可惜天下沒有不散的筵席。老雅嘎說的對，雅嘎們應該更常聚在一起的。我心想，等到芭芭回來之後，說不定我們能再籌劃一次聚會。

「妳看！他們把妳的房子裝點好了。」伊蓮娜頂了頂我的手肘。

我轉頭一看，發現一排排的骷髏蠟燭從屋頂上懸掛而下，房子上則鋪滿一串串鮮豔的大紅花，美輪美奐的模樣讓我不禁心生驕傲。

「妳期待妳的連結儀式嗎？」雅嘎伊蓮娜問。

我點點頭，神經上緊發條。「妳跟妳的房子連結過了嗎？」我問她。

「噢，還沒。」雅嘎伊蓮娜答道。「我和我的母親一起生活，也就是雅嘎瓦倫提娜，所以我想等到至少五十歲，或是一百歲的時候再接手成為守護者。我覺得妳這個年紀就願意這麼做，真的非常勇敢。」

我一點都不認為自己勇敢，只覺得突然一陣發涼。忽然間，我對這一切變得毫無把握。一想到我得揮別這些雅嘎和儀式上的所有燈光和音樂，獨自一人踏進門後那片伸手不見五指的漆黑世界，就令我渾身打顫。

這時，老雅嘎拿著好幾根粗大的金屬管子出現在我身邊，雅嘎萬金也拿著一只金屬盒子跟在一旁。我知道那個盒子裡裝著我們稍早一起製作的煙火。「妳想點燃第一顆禮花彈嗎？」老雅嘎問。

「好啊，當然想。」我說。「不過，班傑和傑克怎麼辦？牠們會害怕嗎？」

「誰是班傑？」雅嘎伊蓮娜問道。

「我養的羊，牠的籠子就在後門那兒。」

「妳要的話，我可以在妳放煙火時跟牠和傑克待在一起。」伊蓮娜主動提議。

「妳人真好，謝謝。」我帶著伊蓮娜找到裹在毛毯裡的班傑，並且在離去前分別給了班傑和傑克一個擁抱。我的眼眶發熱，但我很快就眨去淚水，在內心告訴自己穿越大門是值得的，而且我很快就會回來——和芭芭一起。

數百名雅嘎聚集在我家門廊和屋子前，骷髏蠟燭的火光照映在他們臉上。老雅嘎領著我走到稍微遠一點的地方，然後教我怎麼立好這些用來施放禮花彈的煙火筒。

雅嘎萬金幫我一起點燃前五個煙火筒後，我們便跑回門廊上，觀看一朵朵紅色、綠色、金色、藍色和紫色的巨大蒲公英在空中綻放。人群發出陣陣歡呼，而當最後一點火光殞落，我就被簇擁著進到屋裡，身邊圍繞著熟悉的氣味與溫度。

五名長老雅嘎聚集在大門會出現的地方，用亡者的語言大聲唱著愉快的曲調，其他雅嘎也相繼進入屋內，整間屋子裡充斥著滿滿的活力。他們一邊拍手，一邊繞著滿桌的食物和一杯杯的克瓦斯踏步舞蹈。房子跟著節奏蹦蹦跳跳，壁爐則對我露出滿足的微笑。

一條小白花串成的項鍊落在我脖子上，我抬頭看見細小的藤蔓上開了好多鮮花，爬滿了整間屋子。它們從屋梁上長出來，有的懸掛在半空中，有的攀附在牆面上，還有的垂墜在壁爐前和家具上。雅嘎們推著我走向大門，而我每前進一步，藤蔓和花朵便溫柔地蜷繞在我身邊，將我和房子連結在一起。我可以感受到房子此刻的快樂，如同火爐般溫暖著我。

「記住，妳不是非要這麼做才行，瑪琳卡。改變心意也不要緊的。」老雅嘎附在我耳邊低聲說道。

我繼續往前，任由花朵甜蜜的香氣將我包圍。隨著我越來越靠近大門，如絲綢般光滑的花瓣和毛茸茸的藤蔓在一旁輕拂過我的雙手和臉頰。當我走到長老雅嘎的身邊時，他們轉過身來面對我，改為吟唱一首緩慢而莊嚴的曲子。雖然我試圖想聽懂他們在唱什麼，但我卻無法專心，心臟狂跳不已。

他們的歌聲漸弱，最後幾乎變成耳語。我想那首歌的內容是在頌揚生命美麗的循環，以及擔任守護者的榮耀。我撥開手上的藤蔓，試圖平緩自己的呼吸。

雅嘎們安詳且平穩地圍在我身邊，嘴脣因期待而微微張開。一陣風從煙囪吹入，頓時燭光搖曳，屋裡的影子隨之起舞。

「雅嘎屋！」其中一位長老雅嘎突然對著屋梁大喊，音量大到令我後退了一下。「開啟大門，讓雅嘎瑪琳卡以星辰為證，對妳許下她的諾言。」

這就是了——大門即將開啟，距離我只有幾步之遙，而我終於要去帶芭芭回家了。我會重新變得安全，屋子會停止崩壞，無人引導的亡靈也不會再黯然消逝，偉大的生命循環將會恢復平衡。只要我能將芭芭拉回這個世界，那麼自從她離去後便壓在我身上的各種憂慮都會逐一消失，而她會緊緊抱住我，並且將一切導回正軌。房子將會復原，芭芭會引導亡靈，而我則會掌控自己的未來。

我深吸了一口氣。當大門的那道黑色三角形裂口顯現的瞬間，我便卯足全力用最快的速度朝它奔去，然後奮力一跳。

一片漆黑

我朝向大門飛撲過去時，周遭的一切似乎慢了下來。開花的藤蔓在我身邊斷落，雅嘎們張大了嘴倒抽一口氣。有些人用手摀住嘴巴，驚恐地睜大雙眼，瞳孔裡倒映著從黑暗深處透出的光芒。風從我的耳邊呼嘯而過，墨黑的洋流吸引我不斷下墜。我做好沉入水底的準備，直到冰冷的水流迎面襲來，淹過我的頭和脖子……

然而，這時突然有爪子刺進我的背後，還有人抓住我的手臂，接著我的頭撞到地上，一陣猛烈的痛楚穿過腦門。黑暗和寂靜吞噬了我，間或傳來微弱的巴拉萊卡琴聲，彈奏著我最喜歡的搖籃曲。

我猛然睜開眼睛，在一片模糊之中看見好幾個雅嘎皺著眉頭、憂心忡忡地湊近看我。我再度閉上眼，因為氣憤而湧上的滾燙淚水滑落耳際，恨不得能沉到地板下消失不見。

雅嘎們竊竊私語的聲音此起彼落：「她還好嗎？」

「她想做什麼？」

「我覺得她是想跳進大門。」

「為什麼？」

「太奇怪了。」

「所以派對結束了嗎？」

我真希望我能像闔上眼一樣將耳朵關上。我不想看見他們，也不想聽到他們的聲音。在我腦袋撞到地板的地方可以清楚感覺到脈搏的跳動，後背被傑克抓到的傷口以及被猛拽的手臂都在發疼。然而，此刻所有雅嘎都低頭盯著我議論紛紛，我心裡的難堪和惱怒甚至遠勝過身體的疼痛。

「她有意識嗎？」

「我們要移動她嗎？」

「瑪琳卡？」

「妳還好嗎？」

「她沒事。」老雅嘎的聲音從我旁邊傳來，我感覺到她將手放在我的頭上。

「給她們一點自己的空間吧。」雅嘎萬金的聲音從眾人之中傳出來，然後他便將大家送出門外。我的心底升起一股感激之情。

我的肺隱隱作痛，這才意識到自己一直憋著氣。我朝老雅嘎的反方向翻身，抬頭望向大門的位置。大門已經消失了。雖然我並不意外，但眼淚還是無法克制地往下掉，弄溼了地面，怒火也隨之湧上我的胸口。我泣不成聲地哭喊：「為什麼？」一陣劇痛穿透我的腦袋，我忍不住在地上縮成一團。

「你可以帶瑪琳卡回她的房間嗎？」老雅嘎開口，同時在我的額頭擠上某種冰涼的東西。「瑪琳卡，妳撞得很大力，不過妳會沒事的。先好好休息一下吧。」

雅嘎萬金俯身向前，黃色的圓頂禮帽進入我的眼簾，然後他將手臂穿到我身下將我一把抱起。一塊塊黑影模糊了我的視線，我全身上下都感到麻痺而沉重。

老雅嘎和雅嘎萬金在我的房門邊低聲交談，不多久便只剩下一片靜謐。

傑克降落在我的床頭板上，用嘴抵住我的耳朵。我閉上眼睛轉身背對牠，腦袋依然陣陣抽痛。就差那麼一步，我差一點就可以將芭芭帶回來了，要是……

我睡得很不安穩。房子規律地晃動，一雙腳在我身下發出隆隆聲響，我想叫它停下來卻發不出聲音，想要移動身體卻覺得身上的棉被有如繩索束縛住我，整張床就是一座牢籠。

最後，房子終於放慢速度，搖搖晃晃地降低高度。房子不斷傾斜害得我從床上滑了下來，想抓住床頭板也來不及，整個人就這麼跌在地上，被起起伏伏的地板一路推著朝前門移動。

「這是怎麼回事？」我啞著嗓子喊道，同時努力想站起身。前門忽然敞開，我步履踉蹌地滑了出去並且跌下門廊階梯，摔在屋外又乾又硬的地上。我們又回到市集了，外頭天色漆黑，而我眼前的世界正在旋轉。

老雅嘎在我身後沉穩地走下階梯。她一走出來，前門便在她身後關上，所有的窗子也都緊緊閉起。

「這是怎麼回事？」我又問了一次。「房子？妳在幹什麼？」

房子站起來，轉身背對我。

「它在生妳的氣。」老雅嘎把我從地上扶起來。

「為什麼？」我的聲音聽起來像在抱怨，只好清了清喉嚨再說一次：「妳為什麼要生氣？」這一次的口氣聽起來變成我在發脾氣。我惱怒地踢了門廊一腳，房子則朝反方向挪開身軀。

「別這樣。」老雅嘎抓住我的手臂。「妳的房子累了，它今晚趕了很長一段路，就讓它好好休息吧。明天早上再和好也不遲。」

我任由老雅嘎帶著我離開房子，沿著市集空蕩蕩的漆黑街道前進，穿過拐杖酒攤子上擺放的骷髏和瓶瓶罐罐，來到老雅嘎的屋子前。正門的門楣對我們揚起歡迎的微笑，客廳裡暖烘烘的，瀰漫著煙火和羅宋湯的味道。我一屁股坐在火爐邊的椅子上，頭依然又暈又痛。「房子為什麼要那麼生氣？」我接過老雅嘎遞來的可可，不解地說：「我不懂。」

「沒有人喜歡被耍的感覺。」老雅嘎在我對面坐下。「妳的房子以為妳今晚要跟它進行連結儀式，沒料到妳只是想穿越大門。」

「我想要帶芭芭回家。」我忍不住提高音量，雙眼因憤怒而變得灼熱。「為什麼房子不懂？為什麼傑克不懂？為什麼妳不懂？為什麼你們全都要阻撓？要是你們沒有阻止，我本來可以把芭芭帶回來的。」我直視著老雅嘎，呼吸急促而胸口作痛。

「我們阻止是因為我們關心妳。穿越大門是很危險的一件事，妳很有可能再也回不來。」

「但值得一試啊！」我大喊。「只要能帶芭芭回來，我什麼都願意嘗試，再說這是我的決定——妳根本無權干涉！」

「妳的芭芭已經離開了。」老雅嘎平靜地說。

「妳錯了！」我大叫著起身，瞬間覺得天旋地轉，手中的馬克杯掉在地上，碎了一地。

我低頭看我的手，視線卻直接穿透掌心，看見碎裂的杯子和灑在地上的可可。我的整個身體都消褪了。有那麼一瞬間，我感覺自己就像清晨的霧氣一樣薄弱且轉瞬即逝，但不一會兒一切又恢復正常，空氣再度充滿我的肺臟。

「瑪琳卡，拜託妳坐下。」老雅嘎向我伸出手，但我轉身蹒跚地朝門口走去，然後推開大門跑向市集。

外面又冷又暗，市集籠罩在黎明來臨前的朦朧霧氣中。零星幾個商販正在整理攤位，他們摩擦雙手，呼出的氣息在空氣中形成一團團白色的雲霧。我快步跑過他們身邊。

我需要房子，也需要芭芭。老雅嘎錯了，我可以把芭芭帶回來，而我也會這麼做。芭芭會讓一切重回正軌。

我的視野變得模糊，只好停下來等視線重新聚焦。這時，一股木柴燃燒的熟悉氣味撲面而來，我深吸了一口這令人心安的味道，然後挺直腰桿，冷靜地朝家的方向繼續前進。

然而，隨著我離家越來越近，空氣中那股木柴燃燒的氣味變得越來越濃厚。我下意識地加快步伐，最後再度跑了起來。一定是出事了，那味道太重了。

木頭燃燒碎裂的聲音劃破寂靜的空氣，一隻寒鴉發出尖厲的叫聲。我用盡全力大步向前狂奔，無法克制自己急促的呼吸。不知從何處傳來人們的叫喊和潑水聲，我拐了一個彎，然後終於看見失火的地方。儘管我努力不去想，但房子——我的房子失火了。

一場惡火

「我們不是故意要放火的。」薩爾瑪伸開雙臂衝到我面前，好像這樣就能擋住我的視線。她的眼淚撲簌簌地落下，在她滿是煤煙和灰燼的臉上留下明顯的淚痕。「我們要幫我爸爸架攤位的時候，注意到妳的房子好像轉了一個方向，覺得很奇怪所以才過來看看。然後朗雅說她看到門廊底下有一雙大腳，地板上還有骨頭，我心想那真是太荒謬了，所以點燃火柴想證明她看錯了，結果……」她顫抖著深吸了一口氣繼續說：「我看到一顆骷髏頭，嚇得跌倒在地，沒想到一轉眼到處都燒了起來。我們沒辦法撲滅火勢，這一切發生得太快了。我真的真的很抱歉。」她困惑地皺起眉頭，接著問：「妳家底下為什麼會有骷髏頭？」

我推開薩爾瑪向屋子跑去，但有人用力抓住我的肩膀，一個低沉的嗓音告訴我太危險了。周圍的人不分男女，全都一邊大聲嚷嚷一邊提著水來回救火，朗雅則坐在地上不斷搖晃身軀，口中喃喃唸著有關骷髏頭和大腳爪的話。

這都是我的錯。要不是我不讓妮娜穿越大門，芭芭就不會跟著她離開，我也就不會到這座笨市集遇到朗雅和薩爾瑪了。她們怎麼就不能別管閒事？

煙霧在夜空中冉冉升起，我的整座房子都陷入火海，在猛烈咆哮的火舌中變得焦黑——就像那場奪走我的雙親和生命的惡火一樣。我不可置信地望著眼前的一切。從我有記憶以來，腦中總是縈繞著雅嘎屋被火舌吞噬的景象，沒想到那畫面如今就在我眼前真實上演，而且那炙熱的烈焰遠比我想像中的還要駭人，預示著我將要失去我所愛的一切：房子、傑克、班傑。我所有關於未來的希望。

「傑克！」我放聲大喊，奮力想掙脫攔著我的臂膀。房子發出咯吱咯吱的碎裂聲，我的身體突然忽隱忽現，接著就像一縷亡魂一樣穿過那些抓住我的手，疾步衝向房子。

「傑克！」我用盡全身力氣又大叫了一次，馬上被煙灰密布的空氣給嗆得一陣猛咳。這時，傑克從煙霧中飛了下來，一頭撞上我的肩膀，然後爬進我的臂彎中。我嗚咽著說：「傑克，班傑呢？」

傑克以怪異的姿勢朝屋後飛去，我趕忙跟上牠。後門也已被火舌入侵，我用手臂護住臉以隔絕高溫，然後小心地靠近火勢。班傑抓狂似地大聲哀叫，猛力撞擊骨頭做成的籠子。

我踏上門廊，肺部因為濃煙和高溫而燒灼，身上的洋裝似乎要熔化在我的皮膚上。班傑的頭從貯水桶旁的縫隙伸出，急切地呼喚著我。我奮力踢了水桶一下、兩下，到了第三下才把它踢倒，水流沖打在骨頭上的同時，空氣中也升起一陣水蒸氣。我趁著火勢稍微收斂之際急忙想撥開籠子的鎖頭，但手指卻一直忽隱忽現。

結果，我還沒能打開籠子，整幢房子就倒向一側，逼得我不得不抓著欄杆才能站直。然後，地面突然一偏，房子就這麼站了起來——它的腿著火了，正在高溫燃燒下發出碎裂聲。四周的人們在它腳邊驚慌尖叫，即使濃煙密布也掩蓋不了他們錯愕的臉龐。

「停下來！大家都會看見的！」我一邊大叫，一邊用兩手緊緊握住欄杆。但我意識到房子已經別無選擇了，撲滅火勢才是當務之急。

房子越跑越快，跨越眾人、攤子和樓房。烈火和濃煙如長髮般拖曳在它身後，燒焦的木頭碎片像流星一樣以慢動作墜落，點點星火則如同螢火蟲飛揚在我們四周。前方出現港口的燈火，倒映在平靜的海面上糊成一片光影。

房子猛力騰空一躍，落水的同時發出響亮的滋滋聲。一波冰涼的浪花打在我身上，班傑哀鳴不止，傑克厲聲大叫，我則雙腳一滑跌在地上，嚐到海水的鹹味和燒焦的木炭味。

房子發出咯吱咯吱的聲音，吁了一口氣並且不斷左右翻動，直到所有火苗都被熄滅，而我們就置身在這一大片嗆鼻的煙霧之中。傑克穿過摻雜著砂礫的水花飛到我的腿上，我伸手環住牠，然後奮力推開後門。門一打開，傑克就拍著翅膀飛進屋裡，留下滿地溼答答的羽毛，我則回頭去抱班傑。

等我們全都安全地回到陰暗又潮溼的客廳後，房子已經再度踏上旅程了。它跨越了淺灘、踩過了沙地，在沙漠中奔馳前進，接著又攀上山坡、進入深山和叢林。我在芭芭房間的架子高處找到幾條毛毯，雖然滿是煙臭味，但至少是乾的。我脫下身上的衣服，裹著毛毯坐在芭芭的椅子上。班傑窩在我的腿上，傑克則站在我的肩頭，我們就這麼隨著房子在夜色中疾行的腳步輕輕搖晃。

「我很抱歉。」我對著屋梁低語。「我不是故意要騙妳或惹妳生氣的，只是我真的好想芭芭，滿腦子都想要帶她回家。她是我這一生中唯一真正認識且愛過的人，所以我真的很害怕失去她。我需要她，不只是因為她能引導亡靈，並且讓我擺脫成為守護者的責任，而是因為我需要她在我身邊繼續愛我、保護我。」

一條藤蔓從屋梁上蜿蜒而下，環繞著我並且變得越來越粗，然後輕輕摟住我的身體。我的頭倚著它如天鵝絨般柔軟的樹皮，手中握著芭芭的頭巾，而當藤蔓的卷鬚纏繞著那條頭巾時，我才第一次了解到，原來房子也在思念著芭芭。

「帶我們去個荒涼的地方吧，最好一個人也沒有。」我說。我已經受夠了那些活人，現在只想讓生活回到過去的狀態——只有我、芭芭和房子一起引導亡靈的簡單時光。

白雪之地

我被自己牙齒打顫的聲音吵醒，冰冷的空氣鑽進我的肺部，受凍的雙眼連張都張不開。我用雙手蓋住眼睛，稍微回溫之後才睜開眼，但兩眼又癢又痛，當我試著轉動眼珠環顧四周時，淚水便不斷湧出。房裡所有東西都被燻得焦黑，不是覆蓋著一層灰色的煙灰，就是鋪上一層白色的霜雪。房子有很多破損的地方，屋頂、牆壁和地板無一倖免，而且房子有大半部分都被燒成焦炭。我無法想像它要花多長時間才能痊癒，心底升起一股不舒服的感覺。

儘管四肢無比沉重遲緩，我還是站起身，試圖緩慢地移動到窗邊。我走得戰戰兢兢，每踏出一步，腳下的木板就跟著開始碎裂。班傑亦步亦趨地跟在我身後，卻在結冰的地板上不斷打滑，嚇得渾身發抖。我只好抱起牠，將牠裹在身上的毛毯裡。

太陽隱匿在一片又白又厚的天空之上，只有柔順的日光從窗外照射進來，完全無法分辨現在是白天或是午後。我放眼望去，四面八方盡是一片平坦的蒼茫白雪，看不到盡頭。除了白雪之外，這裡空無一物、毫無生機。雖然這是我自己要求的，但真的置身在這樣的地方又讓我體內的叛逆因子蠢蠢欲動，恨不得能立刻跑到其他地方——任何地方都好——可是哪兒也去不了。

傑克從我的肩膀跳到窗臺上，輕輕敲了敲玻璃，窗框便顫巍巍地緩緩向上移動，焦黑的木屑如雨點般片片飄落。灌進屋裡的冰冷空氣像針一樣刺人，我趕緊拉攏身上的毛毯。一旁的傑克鼓起羽毛並將翅膀張開一半，似乎無法決定要不要飛出去繞繞。

「外面什麼也沒有，傑克。走吧，我們去生火。」

聽到最後一個字讓屋子瑟縮了一下，我不禁跟著心一沉。我也同樣不想再看到火，但這是烘乾房子的唯一辦法，再說不生火的話我們恐怕全都會凍壞。

然而，倉庫裡囤放的木柴都溼透了，我轉而望向家具，但家具也全都溼了。我茫然望著天花板，不知道該拿什麼生火，這時一根屋梁發出嘎吱嘎吱的聲響，接著砰一聲掉到我跟前。

「謝謝妳，房子。」我露出微笑，彷彿從它那裡獲得了一個擁抱。「我們很快就會想辦法把妳修好的。」我衷心希望這些話能成真。

我用斧頭把那根屋梁劈成發火柴和引火柴。勞力工作雖然累人，卻讓我的身子暖了起來，而且知道自己在做有用的事總算讓我稍微振奮了精神。

終於把火生起來後，我幾乎把屋裡所有的東西都堆到火爐邊烘乾。值得慶幸的是，屋裡大部分食物都保存在密封的罐子或瓶子裡，沒有受到波及。我先是餵飽班傑，接著替自己和傑克準備了一大碗熱騰騰、加了李子醬的卡莎粥，填飽肚子後便著手打掃屋子。

屋裡到處都是煙灰和焦炭。我把盛滿積雪的大鍋移到火爐上融化，然後將屋子每個角落都刷了一遍。刷完之後因為所有東西還是覆著一層煙灰，只好再刷了一次。等到我終於做完，手指已變得又紅又腫，手臂和後背也痛得要命，但房子看起來還是髒兮兮的。我癱坐在芭芭的椅子上，把臉埋入掌心。

寂靜和空虛包圍著我，就算是和傑克、班傑或房子說話也毫無幫助，只有我自己的聲音迴盪在安靜又凝滯的空氣中，提醒我孤身一人的現實。隨著一天過去，這一片狼藉、破損及孤單的景象越來越讓人難以承受。

無論是變黑的鍋碗、房子角落焦黑的樂器，甚至是我嘗試要做的工作，所有的一切都令我想起芭芭，因為我知道她能做的比我還要好十倍，速度也能比我快上十倍。

我真希望有她在這裡幫忙和作伴，但除此之外，我最希望的莫過於能再一次坐在她身邊，好讓我為先前愚蠢的作為道歉，並且告訴她我真的很愛她。

老雅嘎不時也會浮現在我腦中。起初想到她令我怒火中燒，因為她就是阻止我穿越大門找回芭芭的罪魁禍首。但是過了一會兒後，我發覺自己其實也很想念她。在她房子裡天旋地轉、製作煙火，還有在前往儀式的路上和雅嘎萬金賽跑都很有趣。不知道現在的她在市集上過得如何，也不曉得我的房子在眾目睽睽下狂奔的景象是否給她招來什麼麻煩？不過，我接著就想起她自信滿滿、抬頭挺胸的樣子，於是告訴自己，如果有人能平息房子會跑的謠言，那個人非她莫屬。

想到她和其他雅嘎會怎麼看我，就讓我渾身像針扎一樣不舒服。在他們眼中，我想必是個做事不經大腦的孩子，但他們根本不明白我有多需要芭芭。

在骯髒的窗戶玻璃外，天空漸漸蒙上一層厚重的灰色薄暮。我點燃幾根蠟燭後便繼續打掃屋子，一直到夜深都還不上床睡覺，深怕屋裡的火苗一不小心又會失控燃燒，或在睡夢中熄滅，害我們受凍。最後我就坐在芭芭的椅子上打盹，每回手上的硬毛刷掉下去都把我驚醒。

天亮時，我只覺得自己從未如此疲憊，不過我環視屋子一周，還是感到有點驕傲。屋子幾乎已經恢復原本乾淨的狀態，而且也有跡象顯示房子正在癒合。

窗框和牆上燒焦的部分已經長出新的木頭，地板上的坑洞被苔鮮和青草填滿，屋頂的縫隙則被交錯的藤蔓覆蓋，就連之前掉下一根屋梁的地方也長出一根肥壯的幼枝。我蹦蹦跳跳地跑到寒冷的屋外，迫不及待想察看屋子的外觀。

門廊的欄杆彎曲成新的花樣，房子的腳也重新變得粗壯。我鬆了一口氣，但立刻注意到骷髏倉庫旁那道崩壞的裂縫。

那道裂口四周盡是乾枯的槁木，而且槁木的面積一路蔓延到屋頂，甚至延伸到屋子最遠的角落，燒得焦黑的牆面則結了一層滿是煙灰的冰。看起來房子正面至少有四分之一的區塊毫無好轉的跡象。若是一直沒有人引導亡靈，房子就不可能徹底復原。

「房子，聽我說。」我在門廊階梯上坐下，雙臂環繞，腹部翻攪。「我們需要芭芭在這兒引導亡靈，否則妳會就這樣枯萎的。」

房子左右搖晃作為回應。

「但我沒辦法自己引導亡靈啊。」我說話的同時，淚水已盈滿眼眶。

門廊欄杆向下彎曲，試圖扳正我下垂的肩膀。

「不！」我搖搖頭，奮力掙脫欄杆。「我不夠堅強，我需要芭芭。」

紡錘形的欄杆戳了戳我的後背，想讓我重新抬頭挺胸。

「不要再逼我了。」我拖著步伐走下階梯。「我可以把芭芭帶回家，由她來引導亡靈。我知道我辦得到，妳只要讓我穿越大門就好。」

所有的窗子應聲關上，房子向下沉入雪地之中。

我轉頭凝望身後那片無止境的蒼茫，感覺身上每一寸肌肉都在緊縮。寂靜壓迫著我的耳膜，偶爾夾雜著裂縫向外延伸的碎裂聲，或是木片掉落在雪地上的細微聲響。

起初，房子碎裂的聲音令我憤怒，因為那感覺就像它在逼我引導亡靈一樣。但事實並非如此。

房子關閉大門是為了阻止我跨到另一邊去。就像老雅嘎說的，穿越大門是件危險的事，而且我可能再也回不來。因此，房子這麼做是為了保護我，儘管這代表著它自己會受到傷害。

我的心向下沉。我不想引導亡靈，但也不想眼睜睜看著房子繼續受罪，尤其是在我明明有辦法救它脫離苦海的情況下。

「好吧。」我最後還是開口了。「我會引導亡靈，也不會再試著穿越大門了。」

房子微微開啟一扇窗，充滿懷疑地看著我。

我深深吸了一口氣：「我不是在開玩笑，也不是在說謊。我不能看妳繼續碎裂崩壞，因為我也不能失去妳。」我接著說：「這不只是因為失去妳代表我也會跟著消失，而是因為妳是我的家人，我很愛妳。」

房子露出微笑，從窗戶、門到門廊的屋簷，但笑容中同時夾雜著隱隱的哀傷，並不如原本應有的燦爛明亮。我站起身搖搖頭，有時候我就是搞不懂這幢長了腳的房子在想些什麼。

「好了。」我眨去自己也不明白為何湧上的淚水。「打開骷髏倉庫吧，我這就來搭籬笆。」

我將骨頭清理了一遍，然後推著它們滑過冰面。當我把骨頭插入雪地之中時，我感覺自己內心殘存對於未來的一點希望和夢想也隨之陷入內心深處，深到我恐怕再也找不到它們的蹤影了。

我嚥下哽在喉頭的疙瘩，告訴自己只要撐過一、兩個晚上就好。只要我引導一些亡靈，房子就能痊癒，到時我說不定就能說服它讓我去找芭芭。儘管如此，我還是忍不住感到挫折，要引導亡靈的念頭也令我乏力。我真希望有其他方法能幫助房子好起來，並且重新修正這一切。

我把脊骨和大腿骨串在一起，然後將骷髏頭擺在上方，同時傑克和班傑則在一旁的雪地上徒勞無功地翻找蟲子和野草。終於搭好籬笆後，我舀了一桶預備用來煮水的白雪，接著便進屋做早餐以及檢查剩餘的存糧，思考著今晚引導亡靈要準備什麼餐點。

接下來一整天的時間我都在忙著料理：用罐裝蔬菜烹調羅宋湯、用杜熊卡包餃子、用乾香菇做皮羅格⑲，並用芭芭的起司醬製作瓦特魯許卡⑳。我烤了黑麵包和蜂蜜麵包，準備了札庫斯基㉑和罐頭巴斯蒂拉㉒，並且在雪地中做了冰基賽爾果凍㉓。

整間屋子瀰漫著新鮮的烤麵包和香料味，既溫暖又誘人，壁爐裡的火也正熊熊燃燒。自從芭芭不在以來，這是我第一次感覺離她如此親近，彷彿可以看見她就在我身邊忙著準備引導亡靈。我甚至感覺今晚大門敞開時，她可能就會出現在門的另外一邊。

---

⑲皮羅格：一種派，內包甜或鹹的餡料。
⑳瓦特魯許卡：一種圓形麵包，以起司為常見的內餡。
㉑札庫斯基：餐前開胃點心，單數為札庫斯卡。
㉒巴斯蒂拉：以果漿為基底烘烤而成的塊狀水果鬆糕。
㉓基賽爾：用濃果汁做成的一種甜點。

黃昏降臨時，我點燃了骷髏頭裡的蠟燭、打開骨頭做成的籬笆門、在杯子裡斟滿克瓦斯，然後緊張地坐在椅子上等候亡靈上門。沒多久，遠方傳來冰塊推移的聲音，如同空曠荒野中一記低沉的雷鳴，接著許多亡靈就像一片薄霧般出現在地平線上。

我將芭芭的頭巾繫上，腸胃因為緊張而絞成一團。我打開屋子的正門，一陣刺骨的寒風吹了進來，壁爐裡的火燒得更旺了。冰冷的空氣與溫暖的爐火交織，還有眼前亡靈穿越雪地的景象，在在令我感到眩暈不適。必須自己引導所有亡靈的念頭突然讓我恐懼，儘管我曾經引導過那對老夫妻、賽琳娜和妮娜，但這是截然不同的兩件事。來的亡靈實在太多了。一想到我要背負起他們所有人的生命，在大腦裡承載數千人的記憶和情緒，就讓我渾身發抖……我的心跳加速，雙腿感覺像要融化般無力。

我走出門外吸了一口冷空氣，望向屋子正面那道牆上碎裂的木頭，提醒自己這麼做的理由。然後，我眨去眼中的淚水並挺起胸膛，做好迎接亡靈的準備。

就在這時，一陣風從煙囪灌入，一路吹出正門，接著席捲籬笆上的骷髏頭，吹熄了每一根蠟燭。我趕緊衝下階梯試圖重新點燃蠟燭，但房子卻站起身，伸出腳一把將我拋向屋頂，就像我小時候那樣。

「妳在做什麼？」我一屁股坐在煙囪旁一座隆起的雪堆上，忍不住開口大叫。「我們得去引導亡靈啊！」

一根幼苗從我身旁升起，抹去凝結在我眼睛下方的淚珠。

「我沒事。」我揮開那根幼苗，望著重新退回漆黑之中的亡靈說：「快點，我們得去引導他們。」

許多藤蔓從煙囪下面向上伸展開來，團團環抱住我的身體。

我皺起眉頭，不解地說：「我不懂，妳和芭芭老是要我成為下一任守護者，而我現在終於要嘗試擔起照顧妳和引導亡靈的責任，妳卻要阻止我。」

藍色的小花從我手指之間的縫隙冒出，就像上次我要房子帶我去市集時那樣，不過這回我想我知道這些花代表的意思。

「妳想要我告訴妳我的感受？」我輕聲詢問。「真正的感受？」

房子點點頭。

我摘下芭芭那條有著骷髏和花朵圖樣的頭巾，嘆了一口氣說：「我並不想成為大門的守護者。」我的聲音微弱而顫抖。我清了清喉嚨，試著用更堅定的語氣說：「我不想要一輩子的時間都用來引導亡靈，感受他們的喜怒哀樂。我想要擁有自己的人生，體驗**自己的**喜怒哀樂。」

我見房子沒有任何反應，便繼續往下說。講這些話讓我覺得自己更堅強，卻也更脆弱了。「我不想負擔那些亡靈的人生，我只想要擁有一個人生——我自己的人生，而且我希望能選擇自己要做的事。」我抬頭仰望無邊無際的天空和在黑暗中閃爍的點點星光，接著說：「我知道我只是困在這裡的一縷靈魂，但我想擁有不一樣的命運，而我心裡總覺得這是有辦法的。」

藤蔓緊緊纏繞住我的身軀，同時房子緩緩向後傾斜，一直一直向後傾斜，直到我們都躺在地上面向漫天星辰。漩渦般的綠色極光在天空中婆娑舞蹈，一股暖流流過我的身心，因為我覺得房子總算能夠理解我了。

這是個充滿無限可能的宇宙，一定還有其他辦法可以解決，不會非要我接受一個自己不想要的命運。

我將一隻手放在藤蔓上，在所有星辰的見證下對著夜空輕聲說：「我想擁有自己的人生，想要有機會選擇自己的命運。」

傑克從屋子正面的窗戶走出來，將一塊皮羅格塞進我的耳朵裡。我伸手把派撥掉，芭芭的頭巾正好落在我臉上。

「我還想要芭芭。」我說。「只要妳願意讓我試試，我就有信心可以把她帶回來。」

房子嘆了一口氣，將我抱得更緊，然後在無垠的星空下搖晃著哄我入睡，一如我小時候那樣。夜裡，我依稀感覺到藤蔓輕輕將我托起，把我抱進屋內並蓋上棉被。

雖然我無法預知接下來會發生什麼事，但說出實話讓我感覺好多了。我知道，房子會和我一起想出辦法的。

湖泊之鄉

我夢見房子越過大草原，地板起起伏伏，一醒來我就意識到我們已經身在別處了。這裡的空氣不會乾得讓我的喉嚨發不出聲音，我的睫毛也不再凍得結霜。房間窗戶開著，傑克蹲踞在窗臺上，後方隱約露出藍綠交雜的模糊景色，是讓人再熟悉不過的景致。我跳起身跑到窗前，心臟幾乎要跳出胸口。

「是湖泊之鄉！」我放聲大叫。這裡正是我遇見班傑明以及收留班傑的地方，而且我們又回到大岩壁旁一模一樣的位置。「房子，謝謝妳！」

我迅速穿好衣服，迫不及待帶著班傑往外面跑。班傑奮力掙脫我的懷抱，一到地上就開始蹦蹦跳跳，四條腿在半空中不停踢躂，發出陣陣雀躍的叫聲，好一會兒後才在一塊圓形的大石頭旁跪下來，開始啃食新生的青草根。

這裡的山不如我印象中的貧瘠，春天帶來了翠綠的青草和野花，茂盛的深綠色石楠樹叢也有幾株冒出了紫色的小花苞。傑克一邊嘎嘎叫，一邊拍打著翅膀跳到石楠樹叢中，用力翻開風化的岩石尋找蟲子的蹤跡。

我俯瞰山谷中的濱湖小鎮和四周的小村莊，一股悲傷突然湧上心頭。上一次在這裡的時候，我還天真地以為只要能逃離房子，就可以到鎮上去一探究竟，但如今我曉得自己永遠無法逃離這座房子。我回頭對著正門說：「房子，妳為什麼要帶我回到這裡？」

房子扭頭用窗戶面向班傑，而班傑正在低頭吃草，一邊緩步向傑克靠近。

「我們來這兒是為了帶班傑回家嗎？」我嘆了口氣，無力地坐在門廊階梯上。我知道待在這裡對班傑會比較好，畢竟這裡有茂盛的青草和可以到處跑跳的空間，不過牠和傑克是我身邊僅有的陪伴了。

突然間，骨頭紛紛從骷髏倉庫裡蹦了出來。我轉過身去不解地望著房子，只見屋簷低垂，一副無可奈何的模樣。我從它看我的樣子瞧出了一點端倪，全身上下頓時興奮難耐。「妳要讓我穿越大門了，是不是？」我不可置信地低聲詢問。

房子緩緩點了點頭。

「謝謝妳！」我激動地跳起身，手摀著嘴，安慰和喜悅的淚水沿著雙頰滾滾落下。我抹去臉上的眼淚，笑著大叫：「傑克！」我必須找個對象分享這個天大的好消息。傑克不明所以地朝我走來，一邊依依不捨地回頭望著石楠叢底下滿是蟲子的碎石堆。「我今晚要去帶芭芭回家了！」我放聲大喊：「就是今晚！」

「誰是芭芭？」

突如其來的聲音讓我嚇了一跳，我下意識用手摀住眼睛，從指縫間窺視聲音出現的方向——班傑明站在之前我們一起坐著的那塊大石頭上朝我揮手。他的眼神一如既往地閃著一絲淘氣的光芒，笑著對我說：「妳的房子又走回來了嗎？」

「沒錯，又走回來了。」我邁步朝他走去，一抹微笑浮上臉龐。「芭芭是我祖母，她因為某些原因去了其他地方一趟，但我今晚要去接她回家。」

「感覺真神祕。」班傑明點頭應和。「妳這段時間上哪兒去了？我每天都會上來這裡找妳，但妳和妳的房子好像憑空消失了一樣。」

「我很抱歉，你一定很擔心班傑吧——我是說你的小羊，我把牠取名叫班傑。」我的雙頰一熱，趕緊繼續說：「我也不想離開，不過房子它——我是說『我們』突然必須離開，所以……」

班傑明望向一旁的班傑說：「沒關係的，我知道妳會好好照顧牠，我只是擔心妳……我是說，我只是想找妳而已。」他的耳根微微泛紅。「能再見到妳真好。」

「我也是！」我滿心喜悅地笑了起來。「你願意幫我一起搭籬笆嗎？我知道你喜歡骨頭。」

方。

班傑明幫著我插好股骨和小腿骨、串起脊椎骨，然後再把骷髏頭立在籬笆最上方。

到了午餐時間，我拿出一瓶克瓦斯，以及一些昨晚為了引導亡靈而準備但根本沒吃的食物。班傑明攤開毛毯鋪在地上，我在上面擺上一碟碟的皮羅格、瓦特魯許卡、麵包和奶油，還有當作甜點的巴斯蒂拉。

「妳走了之後，我老是在想克瓦斯到底是什麼味道。」班傑明說完便啜飲了一口。「真奇特。」他做了個奇怪的表情，彷彿剛咬了一口檸檬一樣。「酸酸的，而且還有氣泡，我喜歡。」他笑著又喝了一大口，然後問：「所以妳去了哪裡？」

「就算我說了，你也不會相信的。」我剝了一塊皮羅格給傑克，自己也咬了滿滿一口。

「說說看啊。」班傑明看著眼前各式各樣的食物，不知道該從哪兒下手，最後他一手拿起皮羅格、一手抓了瓦特魯許卡，然後悠閒地斜坐在一旁。

「我去了沙漠，在那裡看到蟻獅的陷阱，在沙地上玩了轉車輪的遊戲。後來，我帶一個沒看過海的朋友去海邊，我們一起在炎熱的沙灘上踏浪，又在淺灘上追趕章魚。之後我在一座市集上認識了一些朋友，但發現她們根本不是什麼好朋友，不過我還是在那兒見到了弄蛇人，也在一座漂亮的天井裡游了泳。後來，我還學會製作煙火，教我的人是……」我像是喉嚨被什麼哽住一樣突然說不出話，感覺耳邊幾乎可以聽見老雅嘎的聲音，喃喃說著芭芭已經不在了，不值得我冒險穿越大門。

班傑明好奇地看著我，想搞清楚怎麼回事。

「你在學校過得怎麼樣？」為了轉移話題，我開口問他。「還在停學嗎？」

「沒有，我已經回學校，也不再因為愚蠢的小事跟其他人吵架了。」班傑明嘆了口氣後說：「但我還是覺得格格不入。」

我點點頭，而且這一次我是真的能理解他這句話的意思了，因為我自己也一樣。無論是在活人、亡靈或者是其他雅嘎之間，我都覺得無法融入。

「不過，我想學校還是有不錯的地方啦。」班傑明揚起嘴角。「學校新來了一個我很喜歡的美術老師，還有另外一堂課正在教我們製作小鳥的餵食器。」

「聽起來很有趣。」我忍不住想，要是我可以只擷取活人、亡靈和雅嘎生活中最精華的部分，那該有多好。如果我能繼續住在這幢屋子裡，同時又能交朋友和參加雅嘎的派對，而且不用躲在人煙罕至的荒郊野外，那麼一切就太美好了。然而，盡做這些不可能成真的白日夢根本毫無意義，我只能無奈地甩開這些念頭。

「妳這次會待多久？」班傑明問道。

「我也不知道。」我若無其事地把手中剩下的皮羅格給傑克，卻止不住內心不斷下沉的感覺。「等芭芭回家之後，我們可能又要離開了。」

「真是太可惜了。」班傑明回頭望向班傑。「妳願意繼續留著牠嗎？」

「噢，不！」我搖搖頭說：「我的意思是我很樂意，但牠留在你身邊會比較好，畢竟我們常常搬家，牠在這裡會過得比較開心。」傑克飛到我的肩上，我這才突然想起一件事，心臟頓時停了一下。

要是按照老雅嘎說的話，今晚我很有可能無法從大門回到這裡。我已經死了，穿越大門後難保不會一路飄向漫天星辰，這樣一來傑克就會落單。

「你可以幫我照顧傑克嗎？」我立刻開口問班傑明，深怕自己下一秒就會改變心意。「只要今晚就好，因為我得去接芭芭。」

「那有什麼問題！」班傑明抬起手臂，將一片麵包放在手肘上引誘傑克，但傑克只是充滿懷疑地瞥了麵包一眼，旋即轉身背對他。

「沒關係的，傑克。」我捧起牠，將牠放在班傑明的懷裡。「我們明天就會再見了。」

傑克嘎嘎大叫，拍打著翅膀想要飛走。班傑明再次拿麵包湊到牠面前，結果傑克生氣地一口搶走麵包，把麵包塞進班傑明的耳朵裡。

「抱歉，牠常常這樣，牠甚至可能把蜘蛛和蟲子也塞進你的耳朵和襪子裡。」

「我不介意。」班傑明抱著傑克，輕輕撫摸牠的羽毛直到牠平靜下來。眼前的景象讓我卸下心頭的一塊大石，至少我知道就算我回不來，傑克還有班傑明照顧，不會有事的。

隨著太陽落入山谷另一邊的山坡背面，天色也漸漸暗了下來。「我得為今晚做準備了。」我站起來，轉過身眨去眼中的淚水。一想到我可能再也見不到傑克、班傑明、班傑或眼前這幅美麗的風景，我就幾乎無法壓抑滿溢的情緒。我全身顫抖，深知無論自己再怎麼眨眼和深呼吸，都沒辦法阻止眼淚掉落。

我努力回想芭芭的臉，說服自己這個決定是正確的——我必須將芭芭帶回來。自從她離去之後，這是我唯一想做的事，而今晚房子終於願意讓我放手一搏了。

穿越大門

我顫抖著手點燃骷髏蠟燭，遠方湖畔小鎮的燈火也跟著亮起，在漆黑的山谷中散發出橘色的光芒。我努力不去注意那些燈光，用圍裙擦乾汗溼的雙手，並且確定籬笆門已經牢牢鎖上。

我回到屋裡並坐在桌邊等待，同時一股怪異的刺痛感從我的後頸向上蔓延。我不知所措地站起身，在屋子裡像隻無頭蒼蠅一樣來回踱步。

房子的復原情況良好，火災留下的痕跡所剩無幾。現在，大部分燒壞的木頭都已經長出新的枝幹，甚至比原本的還要粗壯；所有家具和織物也都煥然一新，只留下一處奇怪的焦痕。接著我走到房間，看著房子為我長出的那座青苔碉堡，眼眶不禁一陣灼熱。

「要是我回不來，妳會怎麼樣？」我對著屋梁問道。

房子聳了聳屋簷，自顧自地伸展雙腿，我想那可能表示它會自己去尋找另一個雅嘎主人。我噘起嘴，用力甩開黏在臉上的頭髮。儘管我不想成為下一任守護者，但一想到會有其他人在我和芭芭的房子裡生活，還是讓我的胸口像火燒一般難受。

我回到客廳，凝望著大門會開啟的位置。「來吧，打開啊。」我並不是故意要用這麼尖酸的語氣說話，只好默默補上一句：「拜託。」我咬緊牙關，渾身肌肉都處在緊繃狀態。我現在就必須這麼做，在我改變心意之前。

一股氣流從煙囪灌入，所有蠟燭瞬間熄滅。我眨眨眼，努力讓雙眼適應黑暗，然後就看到點點星光出現在遙不可及的遠方。我舉起沉重的步伐向大門移動，腸胃像是打了死結般糾纏成一團。

越是靠近大門，我就越是明顯感受到星辰強烈的拉力，像是它們用冰冷細長的手指抓住我的裙襬。我的心臟在胸口怦怦狂跳，全身血液快速奔流，脈搏敲打著耳膜，瞬間出現的劇烈身體反應不可思議地讓我有了彷彿還活著的錯覺。

我站在大門前最後一片地板上，身體朝門的方向前傾。恐懼流竄我的全身，我就像是只用腳尖站在高聳的懸崖前一樣，只要一縷微風就能讓我整個人騰空墜落。

我在腦中刻劃芭芭的面容，回想她笑著露出一口歪斜的牙齒，在亡靈之間翩翩起舞的模樣。我努力讓那幅畫面停留在腦海之中，然後便抬腳跨出最後一步。

步入那片漆黑的世界後，我頓時被寂靜包圍，接著一點一點的光芒閃爍出現，猶如螢火蟲般美麗。這些光芒起初移動的速度很慢，但隨即加速向上，化為一道道光線，然後我才意識到移動的不是它們，而是我自己。我正在向下墜落。氣壓的改變讓我耳鳴，沒多久耳邊就傳來底下那片墨黑汪洋洶湧的浪濤聲。

恐慌讓我的心跳加速，心臟猛力撞擊肋骨。一定是哪裡出錯了。照理說，死去的亡靈會徐徐飄向星辰，不會掉入黑色海洋才對。我的腦中浮現「不願被引導的嬰孩」裡出現的字句：「不像沒有重量的亡靈，步入大門後便會飄向星辰，雅嘎跌入了墨黑的海洋」。然而，在我搞清楚自己為何是下墜而不是浮起之前，整個人就跌入了冰冷的海水裡。

我奮力吸氣，但喉頭緊鎖、肺部緊縮，只能在巨浪將我捲起時徒勞地扭動四肢，再任由刺骨的洋流將我拖回汪洋之中。

就在我以為胸腔快要爆炸時，我的氣管終於順利吸入一大口空氣。我深深吸氣，然後規律地踢腿並在心裡默數拍子，直到覺得有把握之後便開始游泳。

遠方的浪濤擊碎在玻璃山壁上，發出清脆的聲響，勾起我當時和班傑明一起穿越空心岩的記憶。我朝著發出聲音的地方游去，起伏的波浪加上冰冷的海水讓我全身上下又麻又痛。

玻璃山壁反射出稍縱即逝的光亮，一波巨浪猛然將我整個人高高托起，拋向那片平坦堅硬的山壁表面。我雙手拚命想抓住山壁，卻只能無力地從光滑如鏡的壁面向下滑落。

無論我怎麼嘗試，我的手都抓不住那面玻璃，而每當我再次落入冰冷的海水中，我就感到惱怒。我甚至像故事裡的芭芭一樣，連牙齒和指甲都派上用場，卻依然沒有任何幫助。眼前這座山永遠這麼高聳、平滑而陰暗，我感覺毫無勝算。我該怎麼辦？現在的我既無法回頭，也無法前進……

「啊！」有個東西撞上我的肩膀，發出震天價響的叫聲，還帶著一團亂到極致的溼羽毛。「傑克！你怎麼在這裡？」我的呼吸急促，被冰寒的海水徹底擊潰。

傑克跳到山壁上，爪子嵌入玻璃表面發出碎裂聲。接著牠用尖嘴在表面猛啄，挖出一個足夠讓我塞進幾根手指的坑洞，然後牠又往更高的地方跳，開始挖另一個洞。

我用力撐起身體，開始往上爬。玻璃扎進我的手指，令我痛苦難當，不過等我把腳趾也塞進洞裡，手腳並用後就容易多了。我越爬越高，浪濤的怒吼聲也逐漸離我遠去，最後就只剩下從腳下很遠的地方傳來的低語。慢慢地，我的手可以攀住山頂了。我咬牙爬上去，找到一小塊平坦的地方坐下。

宇宙環繞我們四周，在一片墨黑之中不時有光芒和不同的色彩閃爍而過：銀白色的星星、紫色和綠色交錯的星雲，和翻湧的紅色雲朵。除此之外還有流星劃過——或者該說是亡者的靈魂正要返回他們在星宇之間的居所。我不禁用手摀住嘴，不可置信地睜大雙眼凝望眼前廣袤無垠的空間。

傑克跳上我的肩膀，我輕輕撫摸牠頸項間的羽毛，想叫牠不要繼續跟著我，同時謝謝牠的幫忙，但終究什麼也沒說出口。言詞已經不足以傳達這一切了。我們望著一道長長的星河朝我們的方向徐徐翻捲，直到我腳下就是一整片的燦爛星光。我深吸一口氣，然後閉上眼睛鼓起勇氣踏上那道星河，心裡忍不住擔心那可能只是一團雲霧，而我會直接向下墜落。

出乎意料地，我的腳卻懸浮在那道星河組成的小徑上。我睜開眼睛，放心地踏上這段邁向星辰的長征之路。此時此刻，我既不覺得寒冷或溫暖，對於貼在身上的溼衣服或從髮梢滑落的水珠也毫無感覺，但我卻真真切切地感受到雙腿的疼痛，而且那股疼痛隨著我的步伐邁進而變得更加劇烈。

我失去所有的時間感，眼皮也因為疲倦而變得無比沉重，屢次在無意識間閉上眼睛，察覺到自己快要睡著時才又猛然張開。走著走著，我的眼前突然出現刺眼的亮光。閃爍的星星繞成漩渦，從漩渦中心發出的光芒耀眼到讓人無法逼視。

傑克用爪子緊緊抓住我的肩膀，一邊使勁拍打翅膀，彷彿想將我往後拉。但是我卻朝著那束亮光奔去，一開始還因為雙腿沉重而跑不太動，不過隨著越來越靠近亮光，我的速度也逐漸加快。這是星星的誕生之處——我一定能在這裡找到芭芭。

耀眼的光芒團團包圍住我，像靜電一樣附著在我的皮膚上，直到我整個人也隨之發光。我抬頭望向傑克，牠也一樣被光芒環繞，羽毛反射出和牠眼珠一樣的銀白色澤。我正想大笑，卻被迎面而來的陣陣光波消除了聲音。

「芭芭！」我放聲大叫，發出的聲音傳向漫天星辰。「芭芭！」我又大叫了一聲，但毫無回音。

我的四肢騰空浮起，失去重力的感覺讓我全身鬆懈下來。我就這麼凌空旋轉，緩緩朝雙眼無法直視的光柱中央移動。一層層的光芒堆疊在我身上，流動的光線環繞著我和傑克，無論我轉到哪個方向都能看見耀眼的光輝。此刻的我覺得溫暖而安詳，可是卻一點都感覺不到芭芭。比起在這裡，在家——在我們的家裡時，我還覺得她離我更近。

她根本不在這裡。

認清這個事實後，我不禁拚命眨眼，想眨去那些耀眼的光線、閃爍的光芒，和盈滿眼眶的淚水。

她不在這裡。就算她在，也不是我記憶中的芭芭了。如今的她已不再是生前的模樣，而是我眼前這不斷打轉的光芒和能量的一部分，是超出我理解範圍的某種存在。

我低頭看見自己的雙手溶解在光芒之中，逐漸變得透明，突然無比渴望離開這裡。我不想成為這束光柱的一部分。至少不是現在。我開始移動手臂和雙腿，像是在游泳般試著朝我剛剛來的方向回去。

「瑪琳卡！」有個聲音穿透亮光，光芒的微粒隨著音波被捲進漩渦之中。那是個男孩的聲音，在很遙遠的地方。我努力以最快的速度朝著聲音的方向游去。

「瑪琳卡！」男孩又喊了一次，而這回我認出那是誰的聲音了。班傑明！我的腳重新踏上那條由熠熠星光組成的小徑，然後拚了命地奔跑，一路甩開附著在我手臂上的光芒。

「班傑明！」我放聲大叫，望著來時那片無盡的漆黑。接著，我依稀看見了他的剪影，一抹細小的黑影出現在一扇遙遠的三角形門中央——是大門！表示房子就在另外一端。我卯足全力快速飛奔，四周的光芒如滂沱的雨水般迎面掃來，傑克則拍打著翅膀試圖想甩掉它們。

星辰的拉力在我身後不斷作用，我可以從背上感受得到，但大門、房子和班傑明的吸引力更強。我清楚知道自己想要待在哪一邊。

當我重新站上玻璃山脈的頂峰時，看見大門就高高懸掛在墨黑的海洋上方，內心不禁往下一沉。我要怎麼回到門邊？

我想著是不是該直接跳過去，反正我已經死了，照理說應該可以浮在空中飄到門邊。然而，我來的時候分明掉進水裡了，要是再次落入這片汪洋之中，那我就永遠到不了大門了。

一定有什麼辦法的。想到芭芭也曾經從這裡回去，我便開始努力回想「不願被引導的嬰孩」裡的所有細節。她是乘著太陽風或隨著流星回去的嗎？還是跳上暴風雨的積雲飄回去的呢？但無論我怎麼想，都想不到合理的辦法。

「傑克，我該怎麼辦？」我絞盡腦汁想找出可行的計畫，卻只換來一陣頭痛。

在我肩上的傑克嘎嘎叫了一聲，隨即拍打著翅膀飛向大門。我一眨也不眨地緊盯著牠消失的方向，直到雙眼發燙。然後，我終於聽見牠的叫聲了，接著牠暗色的身影朝我飛來。傑克的嘴裡啣著某樣東西，而當我終於看出那是什麼的時候，我忍不住笑了起來。

傑克繞著我飛了一圈，將藤蔓纏在我的腰上，我自己又多繞了幾圈，然後將藤蔓打結綁緊。我立刻感覺到房子在另一端拉緊了藤蔓，於是我閉上眼睛，跨步跳下懸崖。

一開始，我墜落的速度就像先前一樣緩慢，彷彿無邊無際的黑暗撐住了我的身體，正在猶豫要讓我掉下去還是托著我前進，緊接著卻突然任由我筆直下墜。不過，這一次有藤蔓拉著我，我感受到腰際傳來的強烈拉力，整個人只能無力地懸掛在洶湧的波濤上方。

藤蔓緩緩上升，將我拉往大門和房子的方向。我使勁扭轉身軀，用力抓住藤蔓，然後憑著自己的力量一點一點向上攀爬。當那扇三角形的光亮出現在我頭頂時，我抬頭便看見了班傑明。他朝我微笑並伸出雙手。

儘管我能夠憑著自己的力量爬完最後這一段距離，我還是握住了班傑明的手，讓他將我拉進屋子，並報以燦爛的笑容。我跌落在地板上，聞到克瓦斯、羅宋湯和一旁的傑克身上羽毛潮溼的味道。大門瞬間關上，纏在我腰際的藤蔓也自動鬆開，爬回原本所在的屋梁。

「謝謝你們。」我低聲對房子、傑克和班傑明說。

「剛才那是什麼？」班傑明凝視著大門消失的位置問道。

「這個問題我不能回答。」我顫抖著坐起身，突然強烈感覺到溼冷的衣服緊貼著我的皮膚。

班傑明從芭芭的椅子上將我的馬毛毯一把拉了過來，披在我身上。「那看起來不像是妳沒事會想去的地方。」他說。

「沒錯。」我附和表示同意。「至少不是現在，只不過我得去找我祖母。」

「找到了嗎？」

我搖搖頭，努力眨回眼裡的淚水。「她走了。」這幾個字哽在我喉頭，讓我幾乎無法喘息。我深吸一口氣，試著緩和壓在胸口的緊繃感。

「我很抱歉。」班傑明扶著我在芭芭的椅子坐下，然後將水壺掛到爐火上方。溫暖的爐火包圍我的身軀，我的手指也逐漸恢復了一點知覺。

「但你在這裡做什麼？」我問。

「是妳的房子來找我的。」班傑明笑著說。「看來妳之前說它會走路並不是在開玩笑。」

我抬頭仰望屋梁，不敢相信房子為了讓我回家，竟然跑去找了班傑明——搬了一個活生生的救兵。我滿懷感激地伸手輕拍壁爐，輕聲說：「房子，謝謝妳。」

「老實說，我還真嚇了一跳。」班傑明坐在我對面說。「早上我本來在我家後面的田地裡幫鳥兒畫素描，沒想到突然傳來響亮的腳步聲，一抬頭居然是妳的房子朝我跑來。」班傑明大笑著說：「我差點被嚇得魂飛魄散，我在畫的那些小鳥也都嚇得四處飛竄，其中一隻還直接撞上我的頭。然後，妳家的門就自己打開了，於是我就進來找妳，後面的事妳就曉得了。」班傑明的耳根微微泛紅。

我好奇地望向窗外，想知道我們究竟在哪兒。只見和煦的日光映照在草地的露珠上，另一端還坐落著幾幢房子，房子和房子之間的庭院全都開滿色彩繽紛的花朵，小鳥則在餵食器間穿梭飛舞，快樂地吟唱著。

「我們在山谷裡嗎？你住的村莊上？」淚水從我的眼角滑落，但我也不曉得自己為什麼會哭。也許是因為房子以前從未在離其他人生活如此近的地方落腳，也或許是因為它這麼做都是為了我。

班傑明沖了熱可可，我們便拿著杯子，走到屋外就著門廊階梯坐下，一邊啜飲可可，一邊吃著剩下的蜂蜜麵包。我剝下一些麵包碎屑給傑克，牠則不斷從溼軟的泥土裡挖出蟲子回贈給我。

「傑克一定是趁我睡著的時候從我房間溜走的。」班傑明搖搖頭說：「我很抱歉。」

「別這麼說，我很高興牠溜出來了。」我抬起手臂，傑克便跳上來要我摸牠。

「妳跟傑克和妳的房子會在村子裡待多久？」班傑明問。

「我不知道。」我老實地說。「都是房子決定的。」我打了個冷顫，突然記起骷髏倉庫旁的那道裂縫。

房子輕輕左右搖晃，牆壁發出細微的聲響，然後它往地上用力一沉，彷彿想藉此顯示自己待在這兒有多自在，同時告訴我裂縫的問題改天再去煩惱。知道我們能在這兒多待上一陣子後，我的內心止不住一陣雀躍。

芭芭曾說生命的重點不在於長度，而在於過程的美好，我覺得同樣的道理也適用在友情上。我不曉得自己能和班傑明一起度過多長的時間，但我會珍惜每一分每一秒。我真希望過去的我懂得更珍惜和芭芭相處的時間，因為沒有人能永遠留在誰身邊，也沒有什麼事是恆久不變的。

「妳今天打算做什麼？」班傑明放下馬克杯，朝空中伸長雙臂。

「我不知道。」我裹緊身上的馬毛毯，瞄了一眼骷髏倉庫。然而，倉庫的門扉緊掩，我曉得那表示房子不希望我今晚引導亡靈。一股空虛感在我體內油然而生。我皺起眉頭，心想我既不需要搭籬笆或準備引導亡靈，芭芭也沒能跟我一起回家，那我到底該做什麼？

種植樹苗

班傑明坐在門廊上替傑克畫素描，我則回到屋裡去換上乾淨的衣服，然後班傑明堅持要我去他家吃飯。因為他家就在田地的另一端，所以我知道自己不會突然消失，但在邁步穿越草地時還是忍不住檢查了一下自己的手。

班傑明的父親人很好。他先跟我握手表示歡迎，告訴我班傑明講了一大堆關於我的事，接著他為我們沏了茶。我們坐在溫暖的廚房裡，一邊喝茶一邊看著他準備料理。班傑明指著窗外告訴他父親那是我家，而我是來這裡度假的。他的父親凝神望著我的房子，滿腹困惑地輕撫下巴。

「但它是怎麼到這裡的？」他終於忍不住問出口。

「走來的。」班傑明朝我眨眨眼，我則在一旁露出微笑。

我非常喜歡他爸爸準備的烤馬鈴薯、豌豆，還有又小又圓的香蒜麵包和布丁，但禮貌地婉拒了烤羊肉。我的視線飄向窗外，看到班傑正在外頭玩耍。

「你們要留著班傑當寵物嗎？」我問，想到班傑明的爸爸可能計劃吃了牠，就不禁打了個哆嗦。

「沒錯，牠不會被端上桌的。」班傑明的爸爸意識到我在想些什麼後，立刻點頭回答。「外面的田地是我們庭院的一部分，牠可以在那裡吃草並且生活到老。」

「我不曉得那是你們的田地。」我的雙頰一熱，因為房子此刻就端坐在他們的庭院中。「很抱歉，我家的房子……」

「不要緊的。」班傑明的爸爸打斷我，接著說：「妳想待多久都可以，反正我們不大會用到那塊地，只有外圍的地方栽種了一些樹苗而已。妳想去看看嗎？」

那個下午的時光飛逝。班傑明和他爸爸帶我去看他們剛翻過土的菜圃，菜圃四周擺放著灌木盆栽和香草，一旁的草地上有小蟲子環繞著綻放的野花翩翩起舞，幾隻小鳥棲息在一列雜亂的灌木叢上。

妮娜一定會很喜歡這個地方。一想到妮娜，一陣悲傷湧上我的心頭，但班傑明剛好在這時打開了一只裝滿植物種子的盒子，問我想不想親手栽種看看。放在盒子最上層的碰巧是一小袋夾竹桃種子，也就是妮娜的父親為她母親種植的那種。

我拿起那袋種子，手指微微顫抖，而當我看見底下那只袋子時，更是一口氣哽在喉嚨說不出話來。那只袋子上有張圖片：粉白相間的星形小花——芭芭在沙漠時給我的正是那種花。當時她還摟著我，說我是她的普秋卡。

這感覺就像一個徵兆，如同芭芭和妮娜對我說她們已經原諒我了，一切都會好轉的。我和班傑明及他的父親一起在小盆栽裡埋下種子，班傑明另外又給了我這兩種植物的種子，讓我帶回家種在門廊上。

夕陽西沉時，班傑明和他父親陪著我一起走回家。儘管我也想回家，但想到整晚只有傑克和我兩個孤伶伶的，我的心裡就感到無比沉重。

隨著我們越來越靠近房子，我看見房子小心翼翼地掩上窗戶，在黑暗中窺看跟我同行的人。然後，它冷不防站起來向前邁了一大步，接著便一屁股坐在我們面前。

剛好跨出一隻腳的班傑明父親整個人僵在原地，張大嘴巴，啞著嗓子結結巴巴地說：「什……那是什麼？」他先是愣愣地看著房子，然後轉向我，旋即又望向班傑明。

班傑明聳聳肩說：「就跟你說過它會走路吧。」

我和班傑明一起攙扶著他爸爸進屋，讓他在壁爐前坐下。班傑明的爸爸被嚇得臉色發白，好一會兒都沒能開口說話，直到喝了點熱飲後才回過神來，開始接二連三地提出各種問題。

我只能告訴他們這幢房子有生命、長了一雙腿，而且還會照顧我，除此之外我也無法再多說什麼。我對班傑明的爸爸說，房子願意在他們面前露出自己的腳，表示願意相信他們會幫忙保守祕密。班傑明的爸爸說他知道這很重要，還說要是其他村民問起的話，可以告訴他們我是班傑明的表親。然而，當他知道只有我自己一個人生活的時候，卻怎麼樣都無法放心。我花了好些力氣才說服他我自己一個人沒事，而他也在我承諾會到他們家吃早餐後才總算同意離開。

他們回去後，我坐在門廊階梯上望著滿天星斗，月亮也從一片薄雲後探出頭來。芭芭就在天上的某個地方，不會再回家了。

我從今以後再也見不到她了，不能再看她笑著和亡靈跳舞、聽她彈奏樂器，也不能再被她擁進懷中，或是依偎著她，要她說故事給我聽了。一陣強烈的悲傷幾乎讓我窒息，想要放聲嘶吼的衝動鬱結在我胸口，我全身顫抖，止不住的淚水潰堤，從我糾成一團的臉龐滾滾而下。

房子輕輕搖擺，像是想哄我入睡一樣。我感覺到扶手輕輕摟住我的肩膀，給了我一個硬梆梆的擁抱，紡錘狀的欄杆也溫柔地輕拍我的身軀。我伸出雙臂環住欄杆，也給了房子一個擁抱。

遠方傳來一陣嘎吱聲，緊接著是劈啪的碎裂聲和一聲重擊，然後又是一陣嘎吱聲。「什麼聲音？」我瞇眼望著伸手不見五指的黑暗。原本停在屋頂上的傑克振翅朝聲音的方向飛去，幾分鐘後又飛了回來，在空中不停盤旋並且興奮地嘎嘎叫。

嘎吱、劈啪、砰！嘎吱、劈啪、砰！奇怪的聲音越靠越近，越來越大聲。接著，一個龐大的陰影出現在黑暗中，伴隨著一聲轟然巨響，就這樣停在我家隔壁。房子的門敞開，老雅嘎出現在我面前，臉上掛著大大的微笑。

「妳好啊，雅嘎瑪琳卡，見到妳真好。」

「妳的房子！」我盯著她身後那幢殘破不堪的房子，只見房子的腿已經綻開裂縫，屋頂和窗戶也都坍塌低垂。

「這段路途頗為遙遠，有幾次我都覺得我們撐不下去了。」老雅嘎抬頭望著自己的房子，自豪的表情中夾雜著淡淡的哀傷。「辛苦了。」她輕拍房子的扶手，然後步下門廊階梯朝我走來。

「妳怎麼來了？妳怎麼知道我在哪裡？」一想到她的房子跋山涉水、折騰成眼前這副模樣，就只為了讓老雅嘎見我一面，我不禁感到深切的自責。

「我說過我能聽見大門傳來的耳語，妳還記得嗎？」她在階梯上和我並肩而坐，嘴角微微揚起。「妳掉進墨黑海洋的時候，我聽見了好大的落水聲。」

我移開視線，雙頰又紅又熱。

「噢，別擔心。」老雅嘎擺擺手，像是要揮開我的自責和愧疚一般。「有些錯誤就是得親身體會過才知道。無論如何，我很高興妳能平安回來，但真正引起我好奇的是當時的落水聲。」

「為什麼？」我不解地望著她。

她的眼神明亮，然後傾身靠近我後說：「亡者會飄向星辰，只有活人才會落入水中。」

我吸了一口氣，胸腔因為空氣而鼓脹，冰冷的空氣充滿我真實的、有溫度的肺臟——我突然有種全新且不同的感受。不過，這是不可能的，不是嗎？

成長

我震驚地盯著老雅嘎，低聲問：「妳在說什麼？」我渾身上下一陣顫慄。

「嗯，我也不是很確定。」老雅嘎向後靠著階梯，然後又說：「但我想妳的房子可能施展了一點雅嘎魔法。」

房子在我身後鼓起胸膛。

「我不明白。」我感覺後頸發麻刺痛，竭力克制自己不要急著下結論，也不想隨便燃起隨時會幻滅的無謂希望。

「雅嘎屋會賦予亡者能量，讓他們看起來就像還活著一樣。」

我緩緩點頭。

「所以，說不定妳的房子給了妳足夠的能量，讓妳能真的活過來，而不只是像活著一樣。」

「那有可能嗎？」我不可置信地問道。

「我想不出不可能的原因。來這裡的路上我想了很多，但我想不出還能怎麼解釋妳掉進海裡的事。或許妳的房子在妳穿越大門前就讓妳活過來了，這樣妳才不會飄向星辰，又或者它純粹覺得這樣能讓妳開心。」老雅嘎的目光從自己的房子移向我的房子，接著說：「雅嘎屋很聰明，而且非常忠誠。只要它們知道自己的雅嘎主人想要什麼，就會想盡辦法替主人達成，好比我的房子替我打造了一個實驗室，又帶著我千里迢迢跋涉到這裡。」她深情地凝望著自己的房子，然後轉向我說：「我想妳的房子是為了讓妳開心，所以重新賦予妳生命。」

「這是真的嗎？」我對著最近的一扇窗戶問道，同時真切感受到體內血液的流動。「我活著嗎？」

房子點點頭又聳了聳肩，好像並不確定自己是否成功讓我活過來一樣。

「我要怎麼做才能確定？」我的目光從房子轉向老雅嘎。

「天亮之後，妳可以走到湖邊那座小鎮，看看自己會不會消失。」老雅嘎微笑著提議。

「真希望趕快天亮。」我搖搖頭，因為興奮而覺得頭昏腦脹。「我今晚鐵定是睡不著了。」

「妳還是要睡一下。」老雅嘎推著我進屋。「妳最近這麼累，明天又有很多事要做，而且如果妳真的還活著，那就一定得去睡一下。」

我準備就寢的時候，覺得每一種感受都像是第一次體驗到一般：洗臉時潑在臉上的水、松香皂清新的香氣、毛毯底下散發的體溫、輕吻傑克道晚安時牠羽毛柔軟的觸感，以及晚風拂過草地時發出的低語。我不曉得此刻自己感受到的差異究竟是來自我的想像，還是因為我真的活著。

正當我快要睡著之際，突然有個不祥的念頭浮現腦中。如果我真的還活著，那對我自己和房子來說代表什麼？房子會離開我嗎？雅嘎屋需要的是負責引導亡靈的守護者，而不是一個想要和活人一起生活的女孩。

我皺起眉頭，胸口一陣疼痛。我這輩子都和身為雅嘎的祖母一起住在一幢雅嘎屋裡，這一切都將我塑造成一名雅嘎。我並不想離開房子和其他活人一起生活，因為我終究跟他們不一樣，而且我需要我的房子。

這些想法滲入我的夢境。那夜，我做了讓我很不舒服的夢，夢中我生活在一間平凡的房子裡，那間房子不會為我長出青苔碉堡、不會跟我捉迷藏、不會跟我玩鬼抓人的遊戲玩到我喘不過氣，也不會在門廊上擁抱我。

有個什麼聲音吵醒了我，但我的頭昏昏沉沉的，過了好一會兒才聽出聲音是從哪兒來的。老雅嘎、班傑明和他父親有說有笑的在外面聊天，彷彿他們是許久不見的老朋友一樣。我一邊揉著惺忪的雙眼，一邊走出屋外加入他們。

「早啊，瑪琳卡。」老雅嘎遞給我一杯茶：「妳來的正是時候，茶還熱著呢。」

「謝謝。」我在門廊階梯上坐下，笑著和班傑明及他父親打招呼。「看來你們已經跟塔蒂亞娜打過照面了。」我開口說，並且及時忍住沒有把她叫做老雅嘎，或是雅嘎塔蒂亞娜。

「沒錯。」班傑明的父親點點頭。「塔蒂亞娜說她是妳祖母的老朋友，有她在這兒陪妳讓我放心多了。我必須說，妳昨天說只有妳自己一個人生活的時候，我真的無法不擔心，所以今天早上妳沒來我們家吃早餐，我們就立刻過來看看是不是怎麼了。」

我抬頭看了一下天空，這才發現已經接近中午了。「抱歉，我一定是睡過頭了。」我說。

「別放在心上。」班傑明露出微笑。「妳想不想一起到鎮上逛逛？湖邊舉辦了音樂會，我們可以一起散步過去。」

我的肌肉繃緊，感覺既期待又緊張。我瞄了一眼老雅嘎，她回給我一個燦爛的笑容，並且提議：「趁妳準備的時候我來替妳做一點卡莎粥，然後妳再到班傑明家跟他會合。」

準備出發前，我在門廊的最後一層階梯停下腳步，感覺雙手汗溼，兩腿猶如灌了鉛似的無比沉重。

「妳會沒事的。」老雅嘎推著我踏上草地。

「要是我的身體開始消褪呢？」光是想像這個畫面就讓我的心一沉。

「那就告訴班傑明妳身體不舒服想回家。」

我深吸一口氣，轉身朝我的房子揮手道別，卻不禁被老雅嘎的房子吸引了注意力。她房子損壞的程度比起昨晚有過之而無不及，而且整座房子感覺就快坍塌成一片了。「妳的房子會沒事嗎？」我眉頭緊鎖，忍不住發問。

老雅嘎的眼睛閃著淚光，張開嘴像是要說什麼一樣，但沒能吐出半個字。然後，我在自己都還沒反應過來時，就走上前去緊緊抱住她。老雅嘎也伸手抱住我，嘴裡發出微微的笑聲。「快去吧。」她說：「我沒事的，妳去好好玩吧。」她又用力摟了我一下，隨即輕輕把我推開，走回自己的房子。「我得花點時間陪陪我的房子，等妳回來時我們再見吧。」她舉起手，接著便消失在門後。

我轉向我的房子，低聲說：「房子，妳能做點什麼幫幫老雅嘎的房子嗎？」房子的門框皺起，窗戶也縮得又細又窄。

「如果妳真的會盡力讓我開心——當然我曉得妳已經做了很多，甚至就算沒有這個必要，妳可能還是讓我重生了……」我微微顫抖著說：「或許我要求太多了，但要是妳**有辦法**救救老雅嘎的房子……」我不知該怎麼說下去，只能對房子說：「拜託？」

房子輕輕點了點頭，我便放心地笑了。

我又蹦又跳地來到班傑明家門前，和他一路說說笑笑地離開村子，朝著湖畔小鎮前進，笑到後來臉頰都發痠。

儘管我仍然不時低頭檢查自己的雙手有沒有褪去，但我內心深處知道自己不會消失了，因為此時此刻的我覺得生龍活虎，絕不可能只是一縷亡魂。溫熱的血液透過血管流過我的全身，我所看見、聽到以及感受到的新奇事物也讓我的腦子應接不暇。

我們沿著一條湖畔小徑漫步，頭頂上天篷般的樹葉沙沙作響，枝葉底下光影婆娑。鸕鶿棲息在湖中的小島上，張著翅膀晾乾身上的羽毛。蘆葦叢中傳來鵝的叫聲，警告周遭的生物不要靠近在牠們腳邊搖擺逡巡的毛茸茸鵝寶寶。

湖水溫柔地漫上岸邊，倒映著群山、天空以及像芭芭頭髮一樣的柔軟白雲。我用手指觸摸沁涼的湖水並拾起平滑光亮的石頭。

走著走著，我們不知不覺就來到了小鎮外圍，並且穿越市集攤販、房屋建築和來來往往的活人——真實活著的人。我感覺就像置身在星辰之中那樣輕飄飄的，從堆滿食物的商店櫥窗到手牽著手、笑臉盈盈的行人，在在看得我眼花撩亂。對於這裡的每個人而言，這是再平常不過的一天，但對我來說，所有的一切都令我無比好奇。

音樂會所在的公園從小鎮外一直延伸到湖邊，架好的舞臺上則有一大群鼓手。他們敲出的隆隆鼓聲令空氣震動，我的每一寸肌肉也隨之發出共鳴，而我相信其他人也是，因為他們都和我一樣到處又蹦又跳。

不同音樂家輪番上臺演出，有些拿著在日光照耀下閃閃發亮的樂器翩翩起舞，有些則一邊彈奏吉他一邊唱歌。嘹亮的樂音飄過湖面，傳到湖的另一端，芭芭要是可以聽到的話一定會很喜歡。想起芭芭突然讓我感到沉重，原本跳躍的步伐便停了下來。

班傑明注意到我的轉變，便問我想不想休息，並且到附近的小吃攤去買點吃的。我選了某種看起來像是一團粉紅色雲朵的東西，因為我完全無法想像那個毛茸茸的東西吃起來會是什麼感覺。我捏下一小片，用黏黏的手指將那東西放在舌尖慢慢融化，而班傑明則捏了一大塊，然後將它搓成一塊硬梆梆的粉紅色糖果。

太陽已經下山了，但樂音仍然高昂。我們又在臺前和其他人一起跳了一下舞，直到我覺得自己快要無法呼吸為止。當音樂會結束後，我們沿著湖畔走回家，湖面上蕩漾的銀白月光倒影一路伴隨著我們。

我的精神和身體都感到沉重且疲憊，但這也是我人生至今體驗過最美好而溫暖的感覺，畢竟我做了自己一直以來夢寐以求的事。現在，我只想趕快回家把今天發生的一切告訴房子和老雅嘎。

「妳可以等一下嗎？」我們抵達班傑明家時，他突然開口說道。「我有樣東西要給妳。」

他跑進屋裡，出來時手裡拿著一個我看著十分眼熟的相框，裡面正是我還是嬰兒時芭芭抱著我的那幅合影。耳根泛紅的班傑明說：「我很抱歉擅自借走了這個，但我這麼做是有原因的。」他伸出另一隻手，遞給我一大張紙。

那張紙是我們上次在山屋時他替我和傑克畫的素描，不過他在畫裡加上了芭芭——她和那張照片長得一模一樣，臉上的笑容燦爛，雙眼散發著自信的光采。此外，班傑明也稍微修改了我和傑克的部分，加上了更多漸層和細節。我看著畫中的自己，感覺那雙眼睛比原本看起來要快樂許多，瞳孔還閃爍著期待的光芒。

「希望妳不會介意。」班傑明緊張得雙腳動來動去。

「我太喜歡這幅畫了。」我輕聲回應。「真的太棒了。」

我緩步穿越田地走回家，一輪又大又亮的明月高高掛在天上。在月光照耀下，房子的剪影不知怎麼看起來和平常有些不同。我歪著腦袋，仔細想看個究竟。門廊的一端延伸出一塊新的地面，兩側立起新的牆壁，兩面牆之間則冒出了三株幼芽，這些幼芽長大茁壯後應該會成為新的屋梁。當我走得更近一點，才了解到延伸出來的新房間是為了銜接兩間屋子。

許許多多的藤蔓翻過牆面爬滿老雅嘎的房子，即使夜幕低垂，我也能看出在藤蔓爬過的地方，老雅嘎的房子有了明顯的好轉。木頭牆面變得更直挺且厚實，在月光下微微發光，好像上了一層蜜蠟一樣。

我踏上新長出來的柔軟地板，發現老雅嘎就坐在上面，凝望著新生的枝椏從牆壁頂端向前延伸，橫越我們上方的空間。傑克原本站在老雅嘎的肩膀上，一看見我便嘎嘎叫著飛到我的手肘上。

老雅嘎抬頭看我，臉上掛著微笑，但未發一語。我坐在她身邊，我們就這樣靜靜在星空之下，看著我們的房子在漫漫長夜中不斷生長。

尾聲：不只是雅嘎

我的房子長了一雙雞的腳，但它一年之中絕大部分的時間都駐足在一座燈火閃爍的小村莊裡，緊鄰著一片美麗的湖泊。我的朋友班傑明就住在田地另一端，小羊班傑則在我們中間的空地上悠然自得地啃食青草和野花。

事實上，班傑如今已經長成一隻胃口很好的大肥羊了，要是芭芭還在的話，一定會很想把牠做成一鍋香噴噴的羊肉羅宋湯。我依然經常想念芭芭，不過當我需要她的時候，她也總是在我心裡，不曾離開過。況且，我還有傑克和我作伴，房子也把我照料得很好。

除此之外，老雅嘎也時常照顧我。我們的房子連為一體後，老雅嘎房子的雙腳逐漸萎縮成地板的一部分，但我房子的雙腿則長得更加結實粗壯，可以支撐起額外的重量。真要說有什麼不同的話，那就是房子跑得比以前更快了——我們夏天在大草原上賽跑時，其他房子都跑不過我們。

我還活著，同時也已經死去，而且我是一名雅嘎。在我所見過的人之中，再沒有另一個人和我一樣，但我很滿足於現狀，因為這表示我能在不同的世界之間穿梭來去。

其他雅嘎很喜歡來拜訪我們，聽我分享我的死亡、我的生活，以及我跨越大門造訪星辰的冒險故事。他們也會和老雅嘎買拐杖酒、分享他們自己的旅程，並且收藏新版的《雅嘎傳奇》。對了，現在的《雅嘎傳奇》都是我幫著老雅嘎一起編寫和印製的。

我的生活也有一部分是和其他活人一起共有的，好比我會到濱湖小鎮上的圖書館、上劇院欣賞表演。在班傑明爸爸的安排下，我甚至一個禮拜可以到學校去體驗幾天校園生活。

我的命運並非只有一個選項，這是最讓我開心的一件事。現在看來，我的生活猶如天上無邊無際的星星般充滿了各式各樣的可能性，除了同時跨越活人和雅嘎的世界之外，還能參與一場場亡者的派對。

老雅嘎引導亡靈時，我會在一旁幫忙，有時候我也會自己引導亡者。擁有自己的生活之後，我發現引導亡靈並不像我原本感覺的這麼糟糕。

然而，我們從未在「湖泊之鄉」引導亡靈。在這裡時，房子總是牢牢關閉骷髏倉庫，只有在必要時，才會在半夜帶著我和老雅嘎動身前往其他地方引導亡靈，而它有的時候也會一併帶上班傑明和他父親。我很高興我們的房子長了一雙腿，能夠帶著我們一起周遊四方。

我們會造訪島嶼和溼地、荒原和雨林，也會登上高聳的山脈，或是進入幽深的山谷。每到一個地方，我們就會搭建籬笆、點燃骷髏蠟燭，接著動手準備一桌盛宴，而我們的每一場派對都非常盡興。在引導亡靈的派對上，我們一起大聲高歌、盡情跳舞，聆聽他們的故事，然後引領他們穿越大門踏上另一段旅程。

不過，最棒的派對還是非雅嘎派對莫屬。在老雅嘎和雅嘎萬金的籌畫之下，現在所有的雅嘎屋至少每季都會聚在一起一次。目前為止，他們舉辦過大草原賽跑，也在「高木林地」辦過方塊舞會，接下來我們將要在熱帶地區一個無人居住的隱密海灘舉辦星空夜泳的活動。

說了那麼多，其實我們的房子現在還待在班傑明爸爸的田地上，而我正坐在門廊階梯前看著一家子花鹿在月光下啃食青草，老雅嘎則在我旁邊吸著菸斗，口中吐出的團團白霧朝著星星的方向緩緩散開。

傑克在階梯下面四處逡巡，不時在地上翻找蟲子。因為剛剛下過雨，所以地面潮溼泥濘。老雅嘎用拿著菸斗的手指向傑克腳邊的小水窪，問我：「妳看見了什麼？」

我向前傾身，瞇眼望著那一灘水，心想我會看見自己的倒影：我頭上的新羊毛帽，還有帽沿底下的紅色鬈髮。沒想到，在傑克一個撲騰下，一塊小石子凌空掉進那池水窪裡，在表面激起一圈圈漣漪，倒映在水面的天空蕩漾，銀色的月亮、螢火蟲般的星星和無止盡的銀河也都隨之興起了波瀾。我不禁露出微笑，因為那一瞬間，我在那個不起眼的小水窪裡看見了整個宇宙。

作者蘇菲·安德森的問與答

蘇菲，可否告訴我們《長腳的房子》靈感來自哪裡？

小的時候，我祖母會說芭芭雅嘎的童話故事給我聽，這些故事有時很嚇人，但也讓我深深著迷。芭芭雅嘎並非尋常童話故事裡的那種女巫，她可以是個很殘忍的角色，也可以很慈祥悲憫。我創造這個角色就是為了多探索芭芭雅嘎的這一面，並藉此解釋世人對她懷抱的恐懼，以及她和死亡之間的關聯。

《長腳的房子》裡所描述的那幢房子其實和我祖母家很像：既承載了亡者的記憶，也見證了生命的禮讚，而且充斥著美味的食物香氣、優美的音樂和不可思議的奇幻故事。

至於瑪琳卡這角色最初的靈感源自我的孩子，他們總是幻想著要翻越籬笆並刻劃自己未來的命運。不過，當我開始描寫瑪琳卡之後，她對我而言變得無比真實，彷彿她的故事和她所處的世界本來就已經存在，而我只是剛好發現了通往那裡的一扇窗戶而已。

妳最喜歡的傳說或民間故事是什麼？

因為我祖母的關係，斯拉夫童話在我的心中有著獨特的地位。我最喜歡的故事有「美麗的瓦西麗莎」（Vasilisa the Beautiful），故事主角完成了芭芭雅嘎近乎不可能的任務並獲得了火眼骷髏，成功逃離邪惡繼母的魔爪；我也很喜歡為了尋找愛與幸福而不惜融化的「雪姑娘」（The Snow Maiden），以及不斷演奏音樂直到大海沙皇起舞並捲起暴風雨的「沙德可」（Sadko）。除此之外，世界各地的童話故事也都令我著迷，好比非洲的「阿南西蜘蛛」（Anansi）講述的是充滿智慧又奸詐狡猾的蜘蛛人朝天空織了一大片網，藉此向天神討取故事的內容；隨著非洲黑奴傳入美洲的故事「兄弟兔」，描述了小兔子如何運用才智戰勝比自己更大的動物；還有《一千零一夜》中雪拉莎德王妃為了拯救自己的性命而娓娓訴說的中東故事，內容涵蓋神話冒險、天方夜譚、有魔力的巫師、會說話的動物和具有魔法的神奇物品。

如果妳能在一幢長腳的房子裡待一天，妳會想去哪裡或是做些什麼？原因是什麼？

我一直很嚮往能親眼見見我祖母故事中的那些地方，所以我會坐在房子的屋頂上，看著它跑過我現在住家附近的山坡地、我童年記憶中的威爾斯丘陵，然後橫渡英吉利海峽、跨越歐洲大陸，直達我祖母故鄉土地上那些引人入勝的森林、湖泊和海洋。

但我不會只停在那裡！這世界上有太多我想看的東西了，像是極光、獨角鯨、猴麵包樹、熊，還有在雪地裡泡溫泉的猴子，以及會遷徙的帝王斑蝶。

我會和我的房子一起在里約的街上跳森巴、在斐濟跳火舞、在死海裡徜徉，並且在韓國開滿櫻花的路上悠閒散步。要在一天內做完這些事感覺有點困難，但要是能試試看一定很好玩，而且這樣一來一定能孕育出更多新的故事！

寫這本書時妳做了哪些研究？

我讀了很多斯洛伐克童話，包括我能找到的所有關於芭芭雅嘎的故事，也研究了古老的斯洛伐克信仰。亡者的旅程、玻璃山巒、黑色海洋、芭芭雅嘎和古老死亡女神之間的關聯等都是我在研究過程中的發現，而這些概念後來也都成為這本書的一部分。

我自己也親自嘗試了不少俄羅斯食譜，像是第一次煮了羅宋湯，也第一次吃到辣根。我還聽了傳統的俄羅斯音樂、發現很多有趣又很棒的俄羅斯俗諺，並且造訪了威尼斯、非洲、俄羅斯和北極等許多美麗的地方——不過這是仰賴書本和電影的魔法就是了。

這個故事同時涉及了黑暗和光明的主題——妳希望讀者從這本書裡獲得什麼樣的訊息？

生命充滿了喜悅和悲傷、孤獨和陪伴、驕傲和後悔，而所謂的活著就是要去經歷這一切。雖然有些事會讓人傷心欲絕，但人心永遠不會真的因此而破碎。未來總是存在著希望，且這些希望往往在你最意想不到的地方出現，好比在一個年輕的朋友或老雅嘎身上、在你以為處處與你為敵的房子裡、在一隻鳥的尖嘴上，又或者在一池水窪表面的波紋之間。即使是死亡，也能啟發我們去擁抱生命。

我希望我的讀者能試著以感恩的角度去看待人生中的每個片刻，無論是光明或黑暗的時候，並且不斷努力尋找屬於自己的幸福。我們都有力量可以創造及形塑自己的未來，生命的可能性正如天上的星星一樣浩瀚無邊！

妳能跟我們透露妳接下來的寫作計畫嗎？

我下一本書的靈感也是源自於斯洛伐克的民間傳說，特別是一個叫做「洋菩提樹」或「熊掌為什麼像手一樣」的故事，小說內容和《長腳的房子》一樣，都會探討關於自我以及歸屬感的主題。這本書的場景設定在西伯利亞的雪地森林——那是全世界最大的森林，而且除了人物角色外，還會有一隻勇敢的黃鼠狼、一隻脾氣有些暴躁的野狼、一隻愛操心的麋鹿，以及一或兩隻熊。

整個主要的故事架構下同時包含了幾則較短的故事，而這些故事則是受到斯拉夫龍、不死者科西和雪老人等傳說角色的啟發。除此之外，《長腳的房子》中也有個小配角會在這個故事中扮演較重要的角色，不曉得讀者們猜不猜得到是誰？

致謝

在文學之星的指引下，寫作《長腳的房子》這段過程可以說是一段漫長而美好的旅程，我想在此向以下這些人致上全宇宙的感謝：

我的經紀人——雅嘎珍瑪．庫柏。感謝妳在一陣東風之中一把盛起瑪琳卡，在書頁中灌注智慧，然後將她（和我）推向世界並創造了一個更有希望的未來。

我的編輯——英國奧斯朋出版社的雅嘎芮貝卡．希爾和美國學樂出版社的雅嘎梅洛莉．卡思。感謝妳們敞開雙臂歡迎瑪琳卡，並以豐沛的熱情和獨到的見解協助孕育瑪琳卡的故事，讓這部作品擁有遠超出我能想像的力量。

出版過程中所有親切助人又才華洋溢的雅嘎們，謝謝你們賦予瑪琳卡泳渡黑海和攀越玻璃山巒的力量。我衷心感謝你們每一個人，並要特地為下列這些人彈奏一首巴拉萊卡琴樂曲以表謝意，包括奧斯朋出版社的貝琪．沃克、莎拉．史都華、莎拉．克勞寧、安娜．霍華、史帝夫．哈伍德、漢娜．瑞登．史都華，自由公關人員芙里莎．林科維斯特，以及學樂出版社的瑪麗莎．希爾摩、梅夫．諾頓，還有用一封優美的信件讓我哭出來（感動落淚）的義大利出版社 **Rizzoli Ragazzi** 的喬丹諾．阿特里尼。

以遠超乎我預期的精巧工藝讓《長腳的房子》躍然紙上的藝術家：設計完美書封的凱薩琳．米勒卓普、為封面裝點美麗插圖的梅莉莎．卡司提昂、在書本內頁點綴精緻故事插畫的艾莉莎．帕嘉內利，以及為《長腳的房子》打造奇幻美國版書封的紅鼻子工作室。

此外，在我的心神隨著這幢長了腳的房子四處漫遊時，那些悉心呵護我的靈魂的人，我也要為他們獻上我無盡的愛和感謝：

我的丈夫尼克和我們的孩子——妮琪、亞歷和山米。因為有你們，我的宇宙才會如此燦爛美好。

我在大門兩側所擁有的一群家人，包括我的父母凱倫和約翰、我的哥哥羅夫和弟弟羅斯、我的祖父母——尤其是透過她的故事為這部小說提供靈感的格爾妲，以及我因為尼克而獲得的家人，特別是席拉和法蘭克，我衷心感謝他們給予我的無窮的愛和關懷。

我的朋友們——用笑聲點亮天際的羅蘭、在世界另一端支持我的吉莉安、為我帶來音樂的馬修、從我寫下第一個字時就始終握著我的手的娜蒂雅。我還要謝謝肯恩的筆、蜜雪兒送的神奇紡車綴飾，以及基蘭·米爾伍德·赫桂芙畫龍點睛的推薦引言。

我也要感謝所有協助將書本推向讀者的愛書人，包括圖書館員、老師、書商、書評和書籍部落客（特別感謝蕎·克拉克、費歐娜·諾柏、文森·雷普利、史考特·伊凡斯、艾許莉·布思）。

最後，我要謝謝所有撥出寶貴時間閱讀這些文字的讀者。因為有你們的想像力，這些故事才能擁有生命。書本遇見讀者時所迸發的無窮可能，就如同滿天繁星一樣無邊無際。